कम्बख़्त इस मोड़ पर

वाणी प्रकाशन
21-ए, दरियागंज, नयी दिल्ली-110002
फोन : 011-23273167, 23275710, 41562622
फैक्स : 011-23275710
e-mail : vani_prakashan@yahoo.com
vaniprakashan@gmail.com
website : vaniprakashan.com

कम्बख़्त इस मोड़ पर

रमेशचंद्र शाह

वाणी प्रकाशन का 'लोगो'
विख्यात चित्रकार मक़बूल फ़िदा हुसेन की
कूची से

ISBN : 978-81-8143-601-6

वाणी प्रकाशन
21-ए, दरियागंज, नयी दिल्ली-110002
द्वारा प्रकाशित
प्रथम संस्करण : 2007

आवरण चित्र : राजुला शाह
आवरण : वाणी चित्रांकन
शक्ति ऑफसेट, शाहदरा, दिल्ली-110032
में मुद्रित

मूल्य : 150.00

KAMBAKHAT IS MODE PAR
by : Ramesh Chandra Shah

'यू आर माई ऑल द वर्ल्ड, ऐंड आइ मस्ट ड्राइंव
टु नो माइ शेम्ज़ ऐंड प्रेज़ेज़ फ्राम योर टंग'

—जॉन डन

सुधीर कुमार के लिए

एक

मैं नहीं जानता और जानना भी नहीं चाहता, कि मैं क्या कहने जा रहा हूँ। मैं नहीं जानता, और जानना भी नहीं चाहता, कि मैं जो भी लफ़्ज़ इन पन्नों पर उगाऊँगा, वो मुझसे ठीक-ठीक क्या कहलवाएँगे, क्या उगलवाएँगे। ठीक-ठीक वही और उतना ही उगलवाएँगे कि नहीं, जो जाने कब से मेरे भीतर ही भीतर घुट रहा है और जिसे बाहर किए बिना मुझे अब चैन नहीं। मैं तो, बस इतना भर जान या महसूस रहा हूँ कि मुझे तुमसे—हाँ तुमसे—ही कुछ कहना है—जो मैं क्या, दुनिया का कोई भी बाप अपने बेटे से मुँह सामने नहीं कह सकता। कभी, किसी हालत में नहीं कह सकता। मगर जिसे कहना ज़रूरी है—बेहद बेहद ज़रूरी है और जिसे कहे बिना मैं इस दुनिया से विदा नहीं होना चाहता। तुम समझ रहे हो ना? समझो, न समझो, क्या फ़र्क़ पड़ता है? बात तुम्हारे समझने की नहीं है—तुम्हारे ज़रिए उस दुनिया के समझने की है, जो कभी-न-कभी तुम्हारी दुनिया भी होगी ही, अभी तुरंत नहीं भी तो। और उस दुनिया के समझने के लिए, उस दुनिया से हिसाब चुकता करने के लिए, उस दुनिया में सही होने के लिए यह ज़रूरी है कि मैं उससे रू-ब-रू होऊँ। तुम्हारे जरिए ही सही, किसी के भी ज़रिए सही, जो उस दुनिया का वैसा ही बाशिंदा हो या बनने जा रहा हो जैसा कि मैं हूँ।

ऐसी ही चिट्ठी—बिलकुल ऐसी ही चिट्ठी—मैं तुम्हारी माँ के नाम भी लिखना चाहता हूँ। तुम्हारे बड़े भाई के नाम भी लिखना चाहता हूँ। बल्कि, सच पूछो तो, लिखना तो मुझे पहले उन्हीं को चाहिए, क्योंकि उनका-मेरा संबंध तो तुम्हारे-मेरे संबंध से ज़्यादा, बहुत-बहुत ज़्यादा पुराना है और उनसे हिसाब चुकता हो ले, तभी क़ायदे से तुम्हारी बारी आती है। या कि आनी

चाहिए। बल्कि, सच पूछो तो, क़िस्सा यहीं नहीं निपटता और...और भी पीछे जाता है। यानी, यह जो चिट्ठी लिखने का—चिट्ठी के बहाने अपना सारा ग़र्दो-गुबार निकाल फेंकने का जुनून-सा मुझ पर हावी हुआ जा रहा है—उसमें शुरुआत तो मुझे तुमसे नहीं, अपने बाप से ही करनी चाहिए। बल्कि, अपने बाप से भी पहले मुझे अपनी माँ को संबोधित करना चाहिए। क्योंकि, क़ायदे से सबसे पहली-पहली यादें—सबसे पहले-पहले संबंध जो बनते हैं, वो तो अपनी माँ से ही बनते हैं ना? तुम्हारा क्या ख़याल है?

उफ़! तुम्हारे ख़याल से मेरा ख़याल कैसे मिलेगा? मिल भी गया इत्तफ़ाक़ से, तो उससे क्या बनेगा या बिगड़ेगा? हाल ही में तुम लोगों ने मेरा जन्मदिन मनाया था। जन्मदिन, मेरा ख़याल है, सिर्फ़ बच्चों का मनाया जाना चाहिए। हमारे यहाँ उसे जनमबार कहते थे। हालाँकि तुम लोगों की दादी यानी मेरी माँ पता नहीं क्यूँ ख़ामख़ाह बहुत बाद तक—शायद मेरे एम.ए. पास हो जाने तक मेरा जनमबार मनाती रही थी। यानी तब तक, जब तक मैं नौकरी करने घर से बाहर नहीं चला गया—उसकी पहुँच के भीतर रहा, तब तक। मगर इससे यह कहाँ साबित होता है कि हमारे यहाँ बड़ों का जनमबार भी मनाया जाता था। क़त्तई नहीं। ऐसा होता तो मैंने कभी तो अपने पिता या चाचा या मुझसे कम से कम दस बरस जेठे बड़े भाई साहब का जनमबार मनते देखा होता। कभी नहीं देखा। और ठीक भी है। बड़ों का कैसा क्या जनमबार! खुद मुझे पसंद नहीं अपना जन्मदिन मनाया जाना। ख़ामख़ाह याद दिलाने जैसा, कि तुम पर एक बरस और आ लदा है और अब तुम एक बरस और नज़दीक खिसक आए हो अपनी मौत के। राम-राम! तुम्हारी माँ अगर यह सुन ले तो मेरी शामत आ जाएगी। उसे बिलकुल पसंद नहीं ये बातें। उसे जन्मदिन मनाना अच्छा लगता है—उसे सबकी जन्मतिथियाँ याद रहती हैं; और वह उस तिथि को उन्हें मुबारकबाद देना कभी नहीं भूलती। शायद, इसीलिए उसके जन्मदिन पर उसे इतने फ़ोन आते हैं। लोग याद रखते हैं, क्यों न रखेंगे। मुझे कोई फ़ोन नहीं करता—क्यों करेगा? मैंने क्या खुद कभी भी आज तक किसी को उसके जन्मदिन की बधाई दी? जन्मदिन तो दूर, मुझे तो कभी यह भी नहीं सूझा कि नए वर्ष पर, या दीपावली पर अपने मित्रों-परिचितों को एक ग्रीटिंग कार्ड ही डाल दूँ। जबकि मुझे तो लोग भेजते ही रहे हैं। दरअसल, मैं जिस परिवेश की उपज हूँ, वहाँ यह चलता ही नहीं

था बिलकुल। तुम्हारी माँ की बात दूसरी है। उसने देखा होगा ऐसा रिवाज़। तुम्हें भी तो आदत है ग्रीटिंग कार्ड भेजने की। नहीं?

मैं क्या कहने जा रहा था और कहाँ भटक गया। क्या यह चिट्ठी लिखने का ढंग है? हाँ, तो मैं कह रहा था तुमसे, कि क़ायदे से चिट्ठी तो मुझे तुमसे पहले तुम्हारी माँ को लिखनी चाहिए, बल्कि उससे भी पहले अपनी माँ को लिखनी चाहिए। इससे क्या फ़र्क़ पड़ता है कि वह अब इस दुनिया में नहीं है। लोग प्रार्थना करते हैं—रोते गाते हैं। भगवान् को अपना दुखड़ा सुनाते हैं—क्या उन्हें मालूम नहीं कि भगवान् उनकी पहुँच से एकदम बाहर है? यह उपमा शायद ठीक नहीं है। पर एक अदृश्य शक्ति पर भरोसा करने वाले असंख्य प्राणी हैं संसार में—हैं कि नहीं। फिर अपनी माँ या पिता तो उस तरह अमूर्त नहीं होते भगवान् की तरह। उनका अदृश्य होना भगवान् की तरह अदृश्य होना तो है नहीं। हम उनके चले जाने के बाद भी स्मृति में उन्हें उतने ही जीवित और प्रत्यक्ष देखते-महसूसते हैं कि नहीं? बल्कि, सच पूछो, तो अब उनके साथ हमारा संवाद कुछ ज़्यादा ही निर्विघ्न और बेरोकटोक चलता रहता है। कम से कम मेरे साथ तो ऐसा ही है। जीते जी इतनी जगह नहीं घेरी होगी उनने मेरे दिल-दिमाग़ में, जितनी अब घेरे लेते हैं। कभी भी, अनायास ही मेरा—उनका झगड़ा चालू हो जाता है। जीते जी उनसे जैसी शिकायतें मुझे रही होंगी—उससे ज़्यादा ही अब मेरे मन में उभरती हैं और इस पर मेरा बिलकुल बस नहीं। तो फिर, एकबारगी उनसे सारा हिसाब-किताब चुकता करके मुक्त क्यों नहीं हो जाता? लिखने में चीज़ें आपके क़ाबू में आ जाती हैं। आप देख सकते हैं, अपने लिखे हुए को, उसे दोबारा-तिबारा लिख सकते हैं। यूँ ही, अगर मन ही मन चिट्ठी चलती रहती है तो वह एक निहायत मशीनी हरकत होती है। इकतर्फ़ा और निरर्थक। आख़िर तुम चाहते क्या हो? यही ना, कि न्याय हो, तुम्हारे साथ न्याय हो। कौन करेगा वह न्याय, कौन दिलाएगा तुम्हें न्याय? तुम चाहते हो, सुनवाई हो और खुद ही पेशी की तारीख़ टालते चले जाते हो। तुम्हें फुरसत नहीं, या कि हिम्मत नहीं कि पूरी सच्चाई उघड़ने दो—सचमुच जिरह होने दो। हाँ, तो मैं यही कह रहा था तुमसे, कि तुम यह नहीं समझोगे—अभी तुम्हारी उम्र ही क्या है? तुम्हारी माँ तुम्हारे लिए अभी बहुत नज़दीक है—तुम्हारा पिता भी तुम्हारे लिए अभी बहुत नज़दीक है। मगर नज़दीक किसी के, सचमुच

सही मानों में, हम तभी आते हैं, जब वह अंतर्धान हो जाता है। यानी जब उसके-हमारे बीच यह देह नामक रक्त-मांस की अड़ियल दीवार नहीं रह जाती। यानी, जब वह सचमुच संस्मरण का विषय बन जाता है हमारे लिए। तुम समझ रहे हो ना? कैसे समझोगे? तुम क्या जानो, संस्मरण क्या होता है, क्यूँ होता है? संस्मरण कहो, या जीवनी कहो, एक ही बात है। जीते जी किसी की जीवनी लिखी जा सकती है क्या? बिना मरे पुनर्जन्म तुमने सुना कभी? स्मरण और होता क्या है? स्मरण के लिए मरण एक पूर्व-शर्त है कि नहीं? देह-बाधा दूर हो जाय, तभी न पुनरुज्जीवन होगा? जीते जी मैं कभी अपनी माँ या पिता का आवाहन कर सकता था? बुला सकता था उन्हें, खड़ा कर सकता था उन्हें फिर से? अपनी स्मृति में गोता लगाकर ले आ सकता था उनको फिर से अपने और दुनिया के सामने? कभी नहीं, किसी तरह नहीं।

फिर मैं क्यों कह रहा था कि बीच-बीच में मेरे भीतर शिकायतों का रेला-सा उमड़ आता है अपनी माँ के प्रति, अपने पिता के प्रति? पिता के प्रति तो ख़ासतौर पर। मगर वह तो एक मशीनी हरकत हुई, जो कभी भी चालू हो जाती है, आप से आप। कभी भी। उस पर मेरा कोई वश नहीं। मेरी इच्छा या मेरे संकल्प से भला उसका क्या सम्बन्ध है? कुछ भी तो नहीं। उसे क्या स्मरण कहा जा सकता है? संस्मरण या जीवनी कहा जा सकता है? कदापि नहीं।

तुम्हें याद है? नहीं कैसे याद होगा तुम्हें? तब तुम बहुत छोटे थे। शायद के.जी. में पढ़ते होगे। जब तुमने मेरे कमरे के बाहर रखी रद्दी की टोकरी में से एक चिट्ठी निकाल के मुझे पकड़ा दी थी—पापा, ये तो दादाजी की चिट्ठी है। फेंक क्यों दी तुमने?...अरे!...मैं भौचक्का तुम्हें देखता रह गया था...अपनी हकलाहट पर क़ाबू पाने की कोशिश में...। उससे कुछ ही दिन पहले तुमने इसी तरह रद्दी के ढेर से एक पूरी कापी—मेरे पिता क़ी लिखावट से रँगी हुई—मुझे थमाई थी, कि पापा, ये क्या है? तब मैंने तुम्हें बताया था कि ये तुम्हारे दादाजी की लिखावट है; वे गवैये थे और ज़्यादातर खुद ही अपनी धुनें बनाते थे, या कभी कहीं किसी घुमक्कड़ी के दौरान उनके कानों में कोई धुन पड़ गई, जो उन्हें अच्छी लगी हो तो उसे गुनगुनाते हुए उसकी स्वर-लिपि नोट कर लेते थे। क्या पता, यह कापी वे यात्राओं में भी

हमेशा अपने साथ रखते रहे हों। मैंने तो इसे हमेशा उनके कोट की जेब में ही देखा—इसीलिए तो इस क़दर तुड़ी-मुड़ी हुई है। आज से नहीं, तभी से। ताकि वह धुन यथावत् उनकी स्मृति में सुरक्षित रहे। और तो किसी की सुरक्षा की चिंता उन्हें कभी नहीं हुई (ज़ाहिर है, यह मैंने तुमसे नहीं, मन ही मन कहा होगा)। पर अपनी उन धुनों की—यानी सुरों की हिफ़ाज़त बहुत कसके करते रहे वे।

सचमुच मैं भौचक्का रह गया यह देखकर, कि तुम्हें इतने दिनों बाद भी वह लिखावट मेरे पिता की फ़ौरन पहचान में आ गई; और कैसी गिद्ध सरीखी नज़र है तुम्हारी, कि उतने बड़े रद्दी के ढेर में से तुम ठीक वही चिट्ठी छाँट कर ले आए, जो मैंने अनजाने नहीं, ख़ूब जानते-बूझते ही रद्दी के सुपुर्द की थी। अब, यह मैं किस मुँह से तुमसे कहता? मुझे तो तुम्हें यही जताना था कि तुमने एक बहुमूल्य थाती को नष्ट होने से बचा लिया और यह मेरी नहीं, घर के लोगों की लापरवाही थी। घर के लोग—यानी तुम्हारी माँ। और कौन? मुझे यक़ीन है कि तुम पर मेरी यही छाप पड़ी होगी कि मुझे तो सब कुछ सहेजकर रखने की आदत पड़ी है बचपन से। उसी आदत की दुहाई देकर तो मैं बार-बार तुम दोनों भाइयों को अपनी चीज़ें सहेजकर रखने की हिदायत देता रहा हूँ। अब यह बात बिलकुल अलग है कि आख़िर सहेजकर रखने की भी कोई सीमा होती है। घर छोटा है—मेरा कमरा तो कमरा क्या, चूहे के बिल सरीखा है—चूहे को अपनी सारी दौलत अपनी निगाह के दायरे में सम्हाल के रखनी होती है कि, पता नहीं, कब किस चीज़ की ज़रूरत पड़ जाए। और, जगह तो जितनी है, उतनी ही रहनी है। तो, नई जो चीज़ें जुड़ती चली जाती हैं आपसे आप, उनके लिए नई जगह कहाँ से पैदा करूँ?... ऐसे में, मज़बूरन, झख मारके मुझे अपनी पुरानी चीज़ों में ही काट-छाँट करनी पड़ती है—उन्हीं में से कुछ चीज़ों को बाहर कर देना पड़ता है। आख़िर कहाँ तक कोई सम्हाले और क्या-क्या सम्हाले। छँटनी तो करनी ही पड़ेगी ना।

ग़नीमत यही, कि तब तुम बहुत छोटे थे। नहीं तो क्रॉस-क्वेश्चन मुझसे करते जरूर, कि 'क्यों पापा, छँटनी में बेचारे दादाजी ही क्यों आए? और भी तो चिट्ठियाँ होंगी दादाजी की तुम्हारे पास'। नहीं? अपने कुतूहल में तुम वह चिट्ठी पढ़ के सुनाने को भी कह सकते थे। कहते, तो मैं क्या करता, जब उस चिट्ठी का अधिकांश ख़ुद मेरे पल्ले नहीं पड़ा था—इस क़दर घसीट लिखावट

हुआ करती थी उनकी, कि एक नहीं, कई-कई बार पढ़ना पड़ता था और, फिर भी कुछ जुमले अनपढ़े ही रह जाते थे। यूँ, सच बात तो यह है कि सँभालकर रखने जैसा कुछ ख़ास था भी नहीं उन चिट्ठियों में उन्हीं की क्यों, किसी की भी चिट्ठियाँ सँजोकर रखने की मेरी आदत ही नहीं रही कभी। और, वह जो एकमात्र उनके हाथ की लिखी चिट्ठी बची रह गई—वह भी शुद्ध संयोगवश। तुम्हारी माँ को, पता नहीं क्यों, हर किसी की चिट्ठियाँ जमा करने का फितूर-सा है। तो यह चिट्ठी भी पिताजी की, दरअसल, उसी के काग़ज़-पत्रों में पड़ी थी, जो उसने अप्रत्याशित उपहार की तरह एक दिन अचानक मुझे थमाई थी—किलकते हुए, कि देखो यह बाबू की यादगार। मेरे ट्रंक में पड़ी मिली। लो सँभालो। सँभाल तो ली मैंने, मगर सिर्फ़ अगली छँटनी तक। मुझे क्या पता था कि तुम वहाँ से भी उसको निकाल लाओगे। यही क्यों, वह स्वर-लिपि वाली कापी भी तो तुम्हारी माँ के ही निजी संग्रहालय की संपत्ति थी, जो उसने किसी आश्चर्यलोक की तरह मुझे सौंपी थी। मेरे किसी जन्मदिन पर भेंट की तरह।

अब तुम यह मत पूछना कि वह चिट्ठी और वह स्वर-लिपि मेरे पास अभी भी सँभली रखी हैं कि नहीं? स्वर-लिपि का मैं क्या करता!—मुझे वैसे भी संगीत में कभी कोई दिलचस्पी नहीं रही। संगीत की मेरे जीवन में वही भूमिका रही, जो किसी खलनायक की किसी ट्रैजिक ड्रामे में होती है। इसी संगीत के पीछे पागल होके मेरे पिता ने अपना व्यवसाय, घर-बार सब चौपट कर डाला था। मेरे अच्छे-ख़ासे बचपन-लड़कपन को एक दुःस्वप्न बना के रख दिया था। रही चिट्ठी, तो वह एकमात्र अवशेष मेरे पिता का मेरे पास पड़ा तो रहा कुछ समय, क्योंकि उसकी अबूझ घसीट के कारण मैं उसे ठीक से पढ़ नहीं पाया था पूरा, इसलिए फिर कभी कोशिश कर देखने की गरज़ से रख लिया था। जैसे कोई आधी हल की हुई शब्द-पहेली हो, या कोई प्राचीन लिपि हो, जिसके साथ लोग बरसों जूझते रहते हैं—किसी अनसुलझे रहस्य के सुलझ जाने की उम्मीद में...। यूँ, रहस्य-वहस्य उसमें क्या था?—बस पढ़े नहीं जा रहे थे कुछ अच्छर...इत्तीसी बात थी। एक मामूली घरेलू चिट्ठी, जो मेरा ख़याल है, आख़िरी चिट्ठी होगी पिताजी की मुझको लिखी गई... क्योंकि तारीख़ तो पढ़ने में नहीं आ रही थी। पर सन् अस्सी साफ़ पढ़ा जा सकता था। जो उनकी मृत्यु का वर्ष था। एक तो निहायत घसीट, तिस

पर बहुत ही पनीली स्याही की लिखावट थी वह। जो मैं पढ़ पाया, वह यह था कि...'जान-ज़िंदगी का कोई भरोसा नहीं, तुम आ जाते तो अच्छा होता।'...यह भी, कि...'रुपये तो मिल गए हैं मगर...तुम इस बार छुट्टियों में नहीं आ सकोगे, यह जानकर...' इसके बाद के शब्द उस पनीली स्याही की खरोंचों में गुम हो गए थे। सिर्फ़ एक शब्द साफ़ पढ़ने में आ रहा था और वह था 'शिकायत'। कैसी? किसकी शिकायत? उसके आगे और पीछे की इबारतों को मिलाकर पढ़ने से दो या तीन पाठ संभव थे। एक तो यह, कि उन्हें मुझसे शिकायत है; दूसरे यह, कि मुझे उनसे शिकायत है, यह उन्हें पता है; या फिर, उनका आशय यह था कि किसी भी शिकायत का कोई अर्थ नहीं है—क्योंकि असली सच्चाई क्या है, यह कोई कभी नहीं जान सकता। यह तीसरा पाठ सबसे ज़्यादा ठीक-ठाक इसलिए लग रहा था कि आगे एक और वाक्य, जो किसी का उद्धरण लगता है...वह साफ़-साफ़ पढ़ने में आ रहा था : 'मेरे मन कछु और है, कर्ता के कछु और'। यह था वह वाक्य...और उसके बाद के अक्षर फिर उसी धुँधलके में विलीन हो गए थे और कुछ आगे जाकर फिर उभर आए थे। क्या लिखा था उन्होंने? यही, कि 'छमा छोटों को बड़ों से ही क्यों?...बड़ों को भी छोटों की छमा की उतनी ही, बल्कि उससे भी ज़्यादा ज़रूरत हो सकती है, जितनी छोटों को होती होगी बड़ों की छमा की...। और इसमें शर्म की कोई बात नहीं।'...

कोई पचीसेक बरस पहले लिखी गई चिट्ठी को मैं, उस दिन इस तरह बाँचने की कोशिश कर रहा था, जैसे उसी दिन आई हो। मुझे सच में बिलकुल याद नहीं आ रहा था कि आख़िर जब यह चिट्ठी मुझे मिली थी, तब इसे पढ़कर मेरी क्या प्रतिक्रिया हुई थी। मैंने उसका जवाब दिया था कि नहीं? मुझे कुछ भी याद नहीं आ रहा था। क्या इसलिए, कि मैं याद करना ही नहीं चाहता था?—निकाल फेंका था मैंने उस समूचे प्रकरण को ही अपनी जीवनी से?...अपराध-बोध जैसा कुछ भी मेरे भीतर उपजा होगा तब या बाद में भी—मुझे नहीं लगता। कि, उनके अंतिम समय में मैं उनके पास नहीं था। इतना ही नहीं, उनकी मृत्यु का तार पाकर भी मैं तत्काल नहीं पहुँचा था—काफ़ी दिन बाद—शायद तेरहवीं के दिन ही पहुँचा था। मेरे घर में घुसते ही मेरी माँ, बिलख-बिलख कर रोई थी। उसका वह आर्तनाद मेरा अब भी पीछा करता रहता है। मैं भूल नहीं पाता उसको। एक शब्द भी नहीं निकला था

उसके मुँह से। न तब, न कभी बाद में। मुझसे उसका कहना-सुनना जो कुछ भी था, वह आर्तनाद ही था। पर...कितनी अजीब बात है यह, कि यह मैं आज कह रहा हूँ, क्योंकि आज ही मेरी समझ में यह बात आई है। तब नहीं आई थी। क्यों नहीं आई थी, भला?

अब देखो—अचानक अभी ही क्यों मेरे भीतर अपने बचपन और लड़कपन के संस्मरणों की रील-सी खुलने लगी है। मैं इसीलिए घबड़ाता हूँ पीछे मुड़कर देखने से। वैसे भी, आगे अब मेरे लिए क्या बचा है? जो कुछ भी है, सब पीछे ही पीछे है। तुमने मेरा इकसठवाँ जन्मदिन मनाया था न? मेरे पिता ने कुल पैंसठ बरस की आयु पाई—जबकि उन्हें तो कभी बीमार पड़ते नहीं देखा था मैंने। और मेरी माँ भी सत्तर के इस पार ही स्वर्ग सिधार गई थी। हालाँकि पिताजी की उस चिट्ठी में सिर्फ़ माँ की बीमारी का ज़िक्र है।....अपनी तबीयत का बिलकुल नहीं। मगर...'जान-ज़िंदगी का कोई भरोसा नहीं' यह वाक्य जिस जगह लिखा है, वह माँ के लिए लिखा नहीं लगता। वह तो स्पष्ट ही, उन्होंने अपने लिए टाँका है, क्योंकि यह वाक्य 'बड़ों को भी छोटों की क्षमा की उतनी ही ज़रूरत होती है'....इसी से जुड़ा हुआ लगता है। निश्चय ही, वे मुझसे कुछ कहना चाहते थे, जो वे अभी तक कभी नहीं कह पाए थे और 'जान-ज़िंदगी का कोई भरोसा नहीं' जड़कर अपनी समझ से उन्होंने साफ़ कर दिया था कि यह आख़िरी मौक़ा है उनके लिए और मेरे लिए भी मिलने का। और अगर मैं नहीं आया तो यह आख़िरी मौक़ा भी उनके हाथ से और मेरे हाथ से भी निकल जाएगा। तो क्या उन्हें पूर्वाभास हो गया था—अपनी आसन्न मृत्यु का?...ऐसा ही लगता है।..हाँ, तो मैं तुमसे क्या कह रहा था? यही ना, कि वे कुल पैंसठ बरस जिये और मेरी माँ लगभग सत्तर। और इसका मतलब क्रोमोज़ोम वालों के हिसाब से यही हुआ कि हद से हद पाँच, या बहुत हुआ तो सात-आठ बरस की मोहलत मेरे पास और बची होगी। अभी सालभर ही तो गुज़रा है मुझे रिटायर हुए! और इतने में ही मैं फ़ालतू और अपने ही लिए अजनबी-सा महसूस करने लगा हूँ खुद को। जबकि, तुम जानते हो, मैं एक क्षण भी व्यर्थ नहीं गँवाता; हमेशा किसी न किसी काम में झोंके रखता हूँ खुद को—सुबह से शाम तक। इसीलिए ना, कि ज़रा फ़ुरसत में हुआ नहीं कि अतीत के चलचित्र चालू हो जाते हैं, जिनसे मैं बेहद-बेहद घबड़ाता हूँ। इसलिए, कि यह आदमी के तेज़ी से

ढलान पर लुढ़कते जाने का—बुढ़ाने लगने का—अचूक लक्षण है। और मुझे बूढ़ा होने से नहीं, बूढ़ा दिखने लगने या बूढ़ा कहलाने लगने से बहुत चिढ़ छूटती है।

तभी तो मैं जी-जान से कोशिश करता रहता हूँ—तुम लोगों की बातों और क्रिया-कलापों में दिलचस्पी लेने की। जबकि...लाख चाहते हुए भी मैं तुम्हारी कई कारगुज़ारियों में साझा नहीं कर पाता सचमुच। सिर्फ़ साझेदारी का अभिनय भर कर पाता हूँ। कभी-कभी तो मुझे यह कोशिश ही दयनीय और हास्यास्पद लगने लगती है—यह तुम्हारी नई-नई तरुण आँखों से, तरुण दिलोदिमाग़ से इस बवंडर सरीखी तेज़ी से बदलती दुनिया को देखने-समझने और स्वायत्त कर लेने की कोशिश।

हाँ, बेटू, मैं बारंबार तुम्हारी नई ताजी दुनिया से टकराकर अपनी उसी बासी और अर्थहीन होती जाती दुनिया में फिंका जाता हूँ और इस तरह फिंका जाने में एक मुसीबत यह भी होती है कि मुझे लगता है, जैसे अपनी युवावस्था तो मैंने भोगी ही नहीं, जानी ही नहीं—मैं तो मानो सीधे एक ही झटके में अपने लड़कपन से इस बुढ़ापे में फेंक दिया गया हूँ। यह क्या हो गया? कैसे हो गया?...इत्यादि-इत्यादि। मैं तो इस तरह के सोच में पहले कभी पड़ा नहीं, न अब पड़ना चाहता हूँ। पर क्या मेरे चाहने-न चाहने से सोचना रुक सकता है? रुक सकता तो कितना अच्छा होता। सारा झंझट ही ख़त्म हो जाता। जीवन-भर जो मैं सोचता रहा हूँ—तक़ियाकलाम की तरह दुहराता भी रहा हूँ जिसके-तिसके मुँह पर—कि एकमात्र जो असंदिग्ध मूल्य है इस मनुष्य-जीवन का—वह है स्वतंत्रता? तुम्हें भी रट गया होगा अभी तक यह जुमला। मगर यह जो सोच मेरा अविराम चलता रहता है मेरे भीतर...यह क्या स्वतंत्रता है? यह तो मशीन है, मशीन। इससे ज़्यादा मशीनी हरकत और क्या होगी? तुम मिकैनिकल इंजीनियर बनने जा रहे हो—सबसे आला दरजे के। तुमने कभी सोचा अपने दिलोदिमाग़ की हरकतों के बारे में? कि वह क्या है इस आदमी नाम की मशीन के भीतर, जो मशीन नहीं है? क्या सचमुच कोई ऐसी चीज़ है उसके भीतर? अगर नहीं है, तो ऐसी मशीनी ज़िंदगी—ऐसी गुलामी ढोने का मक़सद क्या? मायने क्या? आदमी एक मशीन है—बेशक ग़ज़ब की बारीक मशीन। और, वैसी ही मशीनें वह अपने मशीनी दिमाग़ से ईजाद भी किए लेता है। तो इसमें कौन-सी ऐसी

तारीफ़ की बात हुई? ये तो, उल्टे, दोहरी ग़ुलामी हो गई ना। एक तो भीतर इस अपने मन नाम के मायावी यंत्र की ग़ुलामी! और दूसरे, अपने बाहर भी एक से एक भारी-भरकम या सूक्ष्मातिसूक्ष्म यंत्रों की गुलामी। क्या मतलब निकला इसका? ऐसा क्या तीर मार लिया आदमी ने मशीन में से मशीन उपजाके? कितनी वाहियात बात है ये, कि आप चंद्रमा पर या मंगल ग्रह पर झंडा गाड़कर आए, तो लहालोट हुए जा रहे हैं! अरे, इसमें ऐसा लहालोट होने जैसा क्या है? तुम्हारी ग़ुलामी, तुम्हारी बेबसी और मौत के सामने तुम्हारी रिरियाहट तो ज्यों की त्यों रही ना! तुम्हारी इन सारी कारगुज़ारियों के बावजूद, करोड़ों तुम्हारे जैसे इंसानों को अभी तक पेट भरने के ही लाले पड़े हुए हैं—मुक्ति की तो कौन कहे! तिस पर यह बेमतलब की दादागिरी, बेमतलब का अहंकार सब कुछ जान लेने का, हमारे मत्थे दे मारा तुमने। अरे, एक ग़ुलामी उखाड़ते हो और दस ग़ुलामियाँ बदले में पैदा कर देते हो। कैसा सौदा हुआ यह। नफ़े के बदले नुक़सान। तुमसे तो वे पौराणिक क्या बुरे थे, जो ध्रुवतारे की, और समुद्रमंथन की, और देवासुर-संग्राम इत्यादि की कहानियाँ गढ़ते थे। कुछ तो उछाल पैदा करती थीं वे कहानियाँ हमारे मन में! तुमने तो क्या धरती, क्या अंतरिक्ष, सब जगह एक ख़ौफ़नाक उजाड़ ही उजाड़ पैदा कर मारा है। इतना तो तुम्हारे वे पुरखे भी जानते ही थे कि दूर चमकते उन ग्रह-नक्षत्रों का हमारी पृथ्वी से कुछ संबंध है और उस संबंध का कुछ मतलब भी है, जो हमें सब कुछ से जोड़े रखता है। तुमने तो एक अच्छे-ख़ासे भरे-पूरे देवालय सरीखे ब्रह्मांड को भी एक अनाथालय बना डाला है। यह आतंकवाद नहीं तो क्या है—यह तुम्हारा सारा ज्ञान-अभियान? और, वह भी किसी एक क़ौम या किसी मुल्क़ के ख़िलाफ़ नहीं, बल्कि इस समूची सृष्टि, समूची क़ायनात के ख़िलाफ़। ऐसा आतंकवाद, जिसके सामने ख़ुद विधाता की सिट्टी-पिटी गुम है; ख़ुदा भी पनाह माँग रहा है जिससे!

दो

कल लिखते-लिखते बीच में ही पेंसिल मेरे हाथ से गिर के टूट गई। पेंसिल नहीं, उसकी नोक। शार्पनर मेरे पास था नहीं—वह तो मैं आज ही ख़रीद के लाया हूँ। चाक़ू भी मिला तो भोथरा। तब तक मेरा मूड ख़राब हो चुका था। यह मूड भी एक निहायत ही मशीनी बला है। उस पर क़ाबू नहीं मेरा बिलकुल—यह सचमुच शर्म की बात है। हो सकता है, अगर मैं अपना उतना लिखा हुआ ही पढ़ डालता—अपने उस वाहियात मूड पर क़ाबू पाने की कोशिश में, यूँ ही कापी पर अपनी उस नोक-टूटी पेंसिल को ही लिये-लिये मँडराता रहता तो क्या पता...मेरा मूड भी ठीक हो जाता और लिखना भी फिर से चालू हो जाता। मगर....मुझे डर लगता है अपने ही लिखे हुए को पढ़ने से। उस उगले हुए को निगलने से। और मैं ज़रा-सी में उखड़ जाता हूँ—ज़रा-सा भी विघ्न पड़ने से।

मैंने जानते-बूझते ही क़लम की बजाय पेंसिल पकड़ी थी। वह भी रबर लगी पेंसिल। मुझे सच में, पता नहीं था, ऐसी पेंसिल अभी भी बाज़ार में बिकती होगी। यकायक नज़र पड़ी तो ख़रीद लाया—एक बचकाने जोश में। इस तरह की रबर लगी पेंसिल को छुए भी मुझे कम से कम चालीस बरस तो हो ही गए होंगे। बाज़ार में जैसे ही उस पर नज़र पड़ी, मेरे भीतर कौंध-सी लपकी, कि मैं लिख सकता हूँ। लेखक नहीं हूँ, कभी कुछ लिखा नहीं तो क्या हुआ? लेखकों के कोई सींग होते हैं क्या? पढ़ा तो है ही इतना सारा—पढ़ने के सिवा और किया क्या है मैंने ज़िंदगी-भर? तो, जो मैं पढ़ सकता हूँ पचा सकता हूँ इतनी आसानी से, वह मैं लिख क्यों नहीं सकता? भाषा नहीं आती क्या मुझे? दर्द नहीं उठता क्या मेरे? तो मुझे अचानक लगा, पेंसिल मुझे

बुला रही है...कह रही है, चल मैं लिखवाऊँगी तुझसे—जो कुछ घुटता रहा है तेरे भीतर इतने अरसे से, वह सब निकाल के तेरे हाथ में दूँगी। मुझे पता है काट-कूट तुझे पसंद नहीं और जो लिखा जा चुका ललाट पर, उसे पोंछना भी तेरे हाथ नहीं। मगर, ख़ुद अपने लिखे को तो मेट ही सकता है तू। फिर देर किस बात की! पकड़ अपने हाथ में मुझे और चालू हो जा आज से ही।

बहरहाल...मूड आज एकदम चुस्त-चौकस है और लिखने का माहौल भी बना ही लिया है मैंने। यह चमेली छाप अगरबत्ती भी बरसों, नहीं, युगों बाद देखी। क्या ही कमाल की बात है कि इधर रबर-लगी पेंसिल हाथ में आई और उधर चमेली अगरबत्ती। पेंसिल नुकीली बनी रहे, इसके लिए शार्पनर भी ख़रीद लाया हूँ। वैसे, मैं अपने हाथ पर पूरा नियंत्रण रखूँगा। छूटने नहीं दूँगा इसे हाथ से कल की तरह। अरे, ये भी क्या बात हुई? मुझे हो क्या गया है जाने आजकल! चीज़ें फिसलने लगी हैं हाथ से अक्सर ही। कल अच्छा-ख़ासा प्याला हाथ से छूटा और टुकड़े-टुकड़े हो गया। वही, जिसमें पिछले तीन सालों से चाय पीता रहा था और जिसे मैं किसी को छूने तक नहीं देता था। अभी तो मेरी उम्र भी ऐसी नहीं कि हाथ-पाँव काँपने लगें, पकड़ ढीली हो जाए चीज़ों पर। इकसठ बरस होते क्या हैं? अभी परसों तक (हम पहाड़ी लोगों को चालीस-पचास बरस पहले घटी घटनाओं को भी 'अभी परसों' की ही बात कहने की आदत है)—हाँ तो अभी परसों तक स्कूल की किताबों में हिंदुस्तानी आदमी की औसत आयु छब्बीस-सत्ताईस बरस बताई जाती थी। अब कितनी होगी? शायद पचपन या साठ। तो, अभी तो मैंने औसत भी नहीं लाँघा। जबकि औसत से तो काफ़ी ऊपर ही आँका जाता था मैं—जो भी इम्तहान मैंने दिए होंगे, उनमें।

बड़ा अपशकुन-सा लगता है मुझे—जब भी मेरे हाथ से कुछ गिरता या फिसलता है। तुम्हारी अम्मा इसी बात पर मुझसे बेतरह चिढ़ती हैं। कहती है—'...क्या अपशकुन-अपशकुन बकते रहते हो? हो जाता है कभी-कभी ऐसा भी सभी के साथ होता है। मेरे हाथ से भी चीज़ें गिरती हैं, टूटती हैं—कोई जान-बूझकर तो तोड़ता नहीं।'...वह अपनी समझ से सच ही बोल रही होती है। पर मुझे तो मालूम है ना, यह बिलकुल भी सच नहीं है। तुम्हीं बताओ—कभी अपनी माँ के हाथ से कोई चीज़ फिसलकर गिरती देखी तुमने? नहीं ना?

मैंने तो नहीं देखी। किसी ने भी नहीं देखी। वह पर्फ़ेक्शनिस्ट है, और शतावधानी है। यानी तीन-चार काम एक साथ इकट्ठे निपटा सकती है बिना कहीं चूके। जबकि तुम्हारा बाप एकढल्याँ है पूरी तरह। वह, मान लो, कुछ पढ़ रहा है, या सोच रहा है और इतने में तुम्हारी महतारी उसके पास जाकर कुछ बोलने लगती है। तो, उसे कुछ भी नहीं सुनाई देगा, कुछ भी नहीं दिखाई देगा। और इतने में वो बिफर जाएगी। अब उसे कौन समझाए कि मैंने जानबूझकर उसे अनसुना या अनदेखा नहीं किया था। मेरा ध्यान ही कहीं और था। तुम्हारी माँ वैसे भी इतनी तेज़ रफ़्तार से बोलने की आदी है कि उसकी बातें आपस में जुड़ती नहीं ठीक से—पल्ले नहीं पड़तीं तुरंत। और आए दिन यह होता है। मैं कुछ कहता हूँ, वह कुछ और सुन लेती है या समझ लेती है, जो मैंने बिलकुल नहीं कहा—जो मेरा मतलब कदापि नहीं था। इसी तरह वह लरबराती हुई कुछ कहती है तो मुझे कुछ और ही सुनाई पड़ता है। तुम समझ गए ना हमारी समस्या? वी आर मोस्ट ऑव दि टाइम, टॉकिंग ऐट क्रॉस-पर्पज़ेज़।

ये लो—तुम्हारी माँ इसमें कहाँ से आ टपकीं? मैं तुमसे बात कर रहा हूँ कि उससे? इसीलिए...इसीलिए तो मैं तुमसे कह रहा था कल, कि तुमसे पहले मुझे तुम्हारी माँ को चिठियाना चाहिए था। जो पहले है, उससे पहले निपटो; जो बाद में आया, उससे बाद में—सही ढंग तो यही न हुआ चीज़ों से निबटने का? नहीं तो, चीज़ें इसी तरह आपस में गडमड होती रहेंगी। अरे रहेंगी क्या, वो तो हैं ही गडमड पहले से। यह तो हमारी ज़िद है—बेशक बड़ी प्यारी, बड़ी मासूम-सी लगनेवाली ज़िद, कि चीज़ें गडमड न हों; अलग-अलग, और साफ़-साफ़ रहें, तभी तो साफ़-साफ़ सुलझाई जा सकेंगी। नहीं तो इसी तरह आपस में ही उलझती जाएँगी और गाँठ पर गाँठ कसती चली जाएँगी। इसी को हमारी पहाड़ी बोली में मालगाँठ पड़ना कहते हैं। मालगाँठ—यानी ऐसी गाँठ, जो कभी खुलती ही नहीं; क्योंकि वह महज़ एक गाँठ न होकर गाँठ पर गाँठ पर गाँठ...होती है।

अब जैसे, अभी तो फ़िलहाल मैं तुमसे निबटना चाहता हूँ, तुमसे सुलझना चाहता हूँ। अरे, नहीं! मुझे ग़लत मत समझ बैठना। कोई गाँठ-वाँठ नहीं है तुम्हारे-मेरे बीच, जिसे सुलझाने की ग़रज़ से मैं तुम्हें लिखने बैठ गया होऊँ। हम लोग कितनी तरह की बातें कितने खुले मन से करते आ रहे हैं। इस

तरह की बातें इतने खुले मन से क्या मैं अपने पिता के साथ कर सकता था? हर्गिज़ नहीं। जबकि वे मेरे सबसे अच्छे दोस्त थे। क्या मैं झूठ बोल गया? सबसे पुराने, सबसे अच्छे दोस्त वे कभी मेरे रहे ज़रूर; मगर, कब? जब मैं सात-आठ नौ-दस ग्यारह-बारह वर्ष का रहा हूँगा। ज़्यादे से ज़्यादे खींच लो, तो चौदह-पन्द्रह बरस। बस्स; उससे पहले तो उनके साथ की क्या, उनके अपने आसपास भी होने की स्मृति मुझे नहीं है। और...उसके बाद? यानी, उन सातेक बरसों की घनिष्ठता के बाद? क्यों बाद की उनकी स्मृति धुँधली पड़ते-पड़ते एक मरुस्थल में बिला जाती है? जबकि मेरी माँ के साथ मेरा संबंध इसके ठीक उलट है। मैं ज्यों-ज्यों बड़ा होता जाता हूँ, त्यों-त्यों वह ज़्यादे से ज़्यादा जगह घेरती चली जाती है मेरे जीवन में। जबकि...पिता की जगह सिकुड़ती चली जाती है और सिकुड़ते-सिकुड़ते एकदम सिफ़र हो जाती है। ऐसा क्यूँ होता होगा? ऐसा क्यूँ हुआ मेरे साथ?

अब इसका ठीक-ठीक पता लगाने के लिए मुझे अपने ही भीतर ऐसी डुबकी लगानी पड़ेगी, जैसी क्या कोई गोताखोर कभी लगाएगा!...और उसके बाद भी, उस अतल के तल को छूके जब मैं ऊपर आऊँगा तो कुछ लेकर आऊँगा ही, इसका भी कोई भरोसा नहीं। पर, न सही मालगाँठ, कोई तो, कुछ तो गाँठ कटेगी; कुछ तो यह जो पहेली है मेरे जीवन की, किसी हल की तरफ़ बढ़ेगी। पहेली?....यह मैं कह क्या गया? पहेली मेरे जीवन की? या उनके जीवन की?

एक ही बात है। मुझे लगता है, मेरे जीवन की पहेली तब तक हल नहीं हो सकती जब तक मैं उनके जीवन की पहेली हल नहीं कर लेता। मगर...ख़ुद उनके लिए तो वह कभी भी किसी भी दिन पहेली नहीं रही होगी। तो?

तो...मैं क्या करूँ? तुमसे बात करते-करते मैं ख़ामख़ाह जाने कैसे किस भँवर में फँसने-फँसने को हूँ। और मुझे मालूम है, एक बार जहाँ मैंने फँस जाने दिया अपने को उस भँवर में, तो उससे बाहर आने में ही मुझे हफ़्तों-महीनों यहाँ तक कि बरसों लग जाएँगे। और तब यह पिता के नाम पुत्र का पत्र हो जाएगा। पुत्र के नाम पिता का पत्र नहीं।

सचमुच....ऐन इस वक़्त मुझे लगने लगा है कि वह घड़ी बस आ गई है और....तुम्हारे ही कारण आई है। तुम्हीं वह निमित्त बने हो जो मुझे यहाँ

तक खींच ले आया है...उस भँवर में, जिसमें फँसने की कल्पना से ही मेरे रोंगटे खड़े हो जाते रहे हैं और जिससे मैं ताउम्र दूर ही दूर भागता रहा हूँ। नहीं, मैं यह जोखिम उठाने को बिलकुल तैयार नहीं। अभी तो फ़िलहाल मैं तुम्हीं से रू-ब-रू हुआ चाहता हूँ। तुम, जो पहेली नहीं हो। न मैं ही तुम्हारे लिए कभी भी किसी भी दिन पहेली बनने जा रहा हूँ। इस बारे में मेरा मन बिलकुल साफ़ है। मेरे-तुम्हारे बीच कोई गाँठ नहीं, कोई कुंठा नहीं, कोई दुराव-छिपाव नहीं, कोई व्यक्त या अव्यक्त तनाव नहीं, कुछ नहीं। कुछ भी नहीं।

तो...

तीन

नहीं भई। न तो पेंसिल हाथ से गिरकर टूटी थी, न कोई यातुधान ही मेरा यज्ञ विध्वंस करने पहुँचा था। मैं तो बस...उस भँवर के पास पहुँचकर ठिठक गया था, जो मुझे अपने भीतर सोख लेने को मचल रहा था। मुझे उस नाचते हुए भँवर को देखने में डर भी लग रहा था और मज़ा भी आ रहा था। उस पर नज़र गड़ाए-गड़ाए मुझे जाने कब कैसे इत्मीनान हो गया कि मैं जब चाहूँ, उसमें छलाँग लगा सकता हूँ और जब चाहूँ, उससे बाहर निकल आ सकता हूँ। कोई जल्दी नहीं है मुझे।

घर सुनसान है। तुम्हारी माँ लालटेन के यहाँ गई है। जब भी वह लालटेन के यहाँ जाती है—दो घंटे से पहले नहीं लौटती। मैं चाहूँ तो इस बीच जमकर समाधि लगा सकता हूँ। हालाँकि इसका क्या भरोसा कि नीचे से इसी बीच कोई घंटी नहीं बजा देगा। आजकल तरह-तरह के सेल्समैन और सेल्सवुमन कभी भी आ टपकते हैं। पहले मैं ऊपर से ही चिल्ला उठता था—''नहीं चाहिए भई कुछ भी। हमें माफ़ करिए।'' मगर मैंने पाया मैं इतना कमज़ोर आदमी हूँ कि मुझसे उस सैल्समैन या सेल्सवुमन के माथे पर चुहचुहाते पसीने की बूँदें और फाटक से मुड़ती हताश पीठ देखी नहीं जाती। अब यहाँ भिखमंगे भी नहीं आते, जिन्हें ख़ाली हाथ लौटाने में परेशानी होती थी। बेशक, ये भिखमंगे नहीं, सूटेड-बूटेड ग्रेजुएट हैं और अपने ही पसीने की कमाई खाते हैं। पर....जाने क्यों मुझे लगता है, वे हर द्वार पर इसी तरह दुत्कारे जाते होंगे। एक बार तो, हद हो गई, जब ऐसी ही एक लड़की को 'नहीं चाहिए'—ऊपर से चिल्लाने के बाद उसने जिस 'मार खा रोई नहीं' वाले अंदाज़ से मेरी ओर मुँह उठाकर देखा और आँगन में रखा अपना भारी बैग

उठाकर गेट बंद करते हुए वापस जाने को मुड़ी—मुझे जाने क्या हुआ—मैं अपने कमरे में घुसकर तख़्त पर फिंका गया और रोने लगा बुरी तरह।

कितनी शर्मनाक, कितनी वाहियात थी वह हरकत मेरी! कोई यक़ीन करेगा इस पर? मैं इस कच्चे फोड़े सरीखे अपने मन का क्या करूँ, जो कहीं भी, कभी भी बिलावजह दुख जाता है और बुरी तरह टीसने लगता है और तब मुझे ख़ुद ही पता नहीं चलता, मैं क्या कर गुज़रूँगा। बड़ी से बड़ी बात पचा जाऊँगा; मगर एक ज़रा-सी बात—निहायत ही फ़ालतू और बेमतलब की बात—मेरे चिथड़े उड़ाके रख देगी। जाने कहाँ बिला जाता है सेकंडों में मेरा ज्ञान-ध्यान, मेरा आत्म-संयम और आत्मानुशासन...! कब किस बात पर मैं बौखला उठूँगा—अपना होशो-हवास खो दूँगा—इसका कोई ठिकाना नहीं। कब किस ज़रा-सी बात से मेरे भीतर कैसा कुहराम मच जाएगा—मुझे पता नहीं चलता और यह अकेले में ही नहीं, किसी के भी सामने हो सकता है। किस क़दर पछतावे और ग्लानि से घिर जाता हूँ मैं तब। पर जो नहीं होना था वो तो हो चुका; अब पछताने से क्या लाभ? पागल हो जाता हूँ मैं एकदम पागल। पागलों की तरह चीख़ने-चिलाने लगता हूँ—सामनेवाला भौचक्का रह जाता है कि ऐसा क्या कह या कर दिया था उसने? जिसमें मैंने ऐसा तूफ़ान खड़ा कर दिया?

ग़नीमत है, यह दौरा मुझे घर के बाहर कम ही पड़ता है। नहीं पड़ता, सो बात तो नहीं, दस-पाँच ऐसी ग्लानिजनक घटनाएँ बाहर भी घटी ही हैं; और उनमें कैसी फ़ज़ीहत मेरी हुई होगी—इसकी कल्पना ही इतनी भयानक है कि क्या बताऊँ। ताज्जुब है, मैं पिटा नहीं, न कभी सामाजिक बहिष्कार जैसा हुआ मेरा। पर...ताज्जुब की क्या बात है? इसमें तो ख़ुद मेरी मिट्टी पलीद हुई, मेरी बौखलाहट किस क़दर दयनीय और हास्यास्पद बना देती होगी मुझे उन दूसरों की आँखों में। मेरी कमज़ोरी ही तो उघड़ी, उनका क्या बिगाड़ लिया मैंने? मुझे सनकी या बीमार समझ के लोग चुप लगा जाते रहे—यही न?

और...घर में? घर के लोगों पर भी अपनी यह लाइलाज़ और फूहड़ कमज़ोरी प्रगट होना क्या कुछ कम शर्मनाक है? आख़िर क्यों करता हूँ मैं ऐसा? क्यों होता है मेरे साथ ऐसा, जिस पर मेरा कोई बस नहीं? न मुझे मिरगी आती है, न मेरे ख़ानदान में दूर-दूर तक कहीं किसी के पागलपन

की हिस्ट्री है। तो यह कैसी भड़ास निकलती है मेरे भीतर से? जिसका निमित्त कुछ भी, कोई भी बन जाता है? किसका बदला ले रहा होता हूँ मैं इस तरह? और किससे?

मेले में खो गया था मैं एक बार ऐसे ही। उँगली जिसकी थामे हुए था। वही मुझे भूल गया था क्या? ऐसा ही लगता है। यूँ, उँगली तो मैं कसके पकड़े था। भीड़ का रेला आया, तो पता नहीं कैसे उस उँगली की पकड़ छूट गई। मगर, जिसकी उँगली थामे था, उसे अगर उसी वक़्त पता चल गया होता कि बच्चा उँगली थामे बग़ल में नहीं है तो इत्ती देर क्यों लगती उसे मुझे ढूँढ़ने में? इधर बच्चा बिलख रहा है—भीड़ को उसका बिलखना नहीं सुनाई देता; भीड़ को वह दीखता तक नहीं। और उधर उसका पिता है, जो भूल ही गया है कि उसका बच्चा जो उसके साथ था, उसके साथ नहीं है। जाने कब और कहाँ उससे अलग हो गया है। ऐसा मदहोश, ऐसा अपनी धुन में डूबा और ख़ुद अपने आप से, और आसपास की भीड़ से भी बेख़बर वह चला जा रहा है, चला जा रहा है और तब शायद बहुत देर बाद उसे होश आता है—बच्चा उँगली नहीं थामे है। अरे, बच्चा कहाँ गया? तब बच्चे की ढूँढ़-खोज शुरू होती है। बच्चा मेले में नहीं मिलता। वापस घर लौटने पर मिलता है। जाने कैसे किस संयोग से मुहल्ले के ही एक परिचित की नज़र पड़ गई थी उस पर। उसी ने भीड़ में कुचलने से बचा लिया बच्चे को, उठा लिया अपने कंधों पर और पहुँचा भी दिया उसे सुरक्षित घर।

स्मृति एक अतलांत गह्वर है। वहाँ कितने नीचे कितने गहरे दबी होगी यह स्मृति? इसे क्या स्मृति कहना ठीक होगा? कहीं यह केवल एक श्रुति तो नहीं?

मन कहता है, नहीं—यह स्मृति ही है। प्रागैतिहासिक, मगर वास्तविक घटना। श्रुति भी वह होगी तो जड़ उसकी मुझी में है। मैं ही हूँ वह बच्चा। मैं ही कभी भी, कहीं भी वहाँ दूर उस अतल में अब भी फिंका जा सकता हूँ और...तब मैं, मैं नहीं रहता, वही हो जाता हूँ। मेरे भीतर मुझे परे धकेलकर वही बच्चा पचपन-छप्पन, सत्तावन या अट्ठावन—पता नहीं कितने बरस पीछे का वह नन्हा-सा जीव मेरी जगह ले लेता है और तब वह सार्वजनिक विलाप, एक अकारण, अनर्गल विस्फोट हो जाता है। जो सारी दुनिया को अकारण, अनर्गल लगता है। ख़ुद मुझे भी लगता है उससे उबर आने के बाद...कि

यह क्या हो गया, मैंने यह क्या किया? क्यों किया? मैं जान रहा हूँ, मुझे जो दौरा पड़ जाता है, क्यों पड़ जाता है—कहाँ है उसका मूल? पर मेरे इस जानने का अर्थ क्या, जब मैं उसे किसी को भी नहीं जता सकता—किसी को नहीं, यहाँ तक कि अक्सर...ख़ुद को भी नहीं।

वह कसकती-दुखती जड़...मगर, इस वक़्त मुझे दीख रही है। मैं छू रहा हूँ उसे। इससे कोई फ़र्क़ नहीं पड़ता, मेरे साथ सचमुच उस सुदूर अतीत में कुछ ऐसा घटित हुआ था या नहीं। सच यही है कि वह बच्चा मेरे भीतर अब भी ज़िंदा है। उसी तरह बिलखता हुआ, हर सांत्वना से परे...यह दुनिया उसके लिए उन रौंदते कुचलते पाँवों का—असंख्य पाँवों का रेला है, जिससे कुचले जाने से बाल-बाल बच जाना, एक अनर्गल संयोग-भर है। सच्चाई जो है, वह यही है कि वह अपने पिता को ढूँढ़ रहा है, पिता को बिलखता हुआ पुकार रहा है और पिता कहीं नहीं है। उसकी पुकार की पहुँच में कहीं नहीं है पिता। और जो उसे गोद में उठा रहा है कंधे पर लिए सुरक्षित उसे, ढूँढ़ रहा है उसके पिता को, वह एक अजनबी है—एकदम अजनबी।

पिता! तुम मिल गए—मैंने पहचान भी लिया तुमको। बहुत दूर तक यह भ्रम मेरे साथ रहा और एक दिन फिर अचानक भ्रम टूट गया। दिनदहाड़े उसी तरह, बिना किसी मेले की रेलमपेल के, बिना किसी घटना के, तुम्हारी पहचान फिर से गुम हो गई—कभी न लौटने के लिए।

तो क्या अब वह मुझे वापस मिलने जा रही है? इतने बरसों-युगों के बाद? मैं कौन हूँ, कहाँ हूँ, जो तुमसे ऐसे बात कर रहा हूँ, जैसे तुम मेरे सामने खड़े हो? नहीं, सामने नहीं, मेरी उँगली थामे, मेरी बग़ल में मेरे साथ चलते हुए। नहीं, दौड़ते हुए। तुम चलते थे मेरी बग़ल में, तो मुझे दौड़ना पड़ता था—तुम्हारी टाँगें इतनी लंबी थीं—तुम बहुत तेज़ी से बहुत लंबे-लंबे डग भरते थे। तुम पहाड़ पर पहाड़ लाँघते जाते थे। कितने नाले कितने गधेरे...कितने जंगल, कितने उतार-चढ़ाव पार किए हैं तुम्हारे साथ मैंने! तुम बोलते जा रहे हो—पहाड़ी सोते की तरह कलकल बहते जा रहे हो और मैं सुन रहा हूँ। मेरे कान अभी भी सुन रहे हैं वह कलकल, वह धारा-प्रवाह कथासरित्सागर। और मुझे थकावट नहीं लगती। मुझे बिलकुल थकावट नहीं लगती। तुम्हारे साथ दौड़ते चलना मेरा उल्लास है—एक छोटे से झरने का उल्लास, जो दौड़ता जा रहा है, किलकता जा रहा है तुम्हारी टाँगों से लिपटता

हुआ, कभी तुम्हारे आगे, कभी तुम्हारे पीछे...तुम्हारा हाथ पकड़े, तुम्हारा हाथ झुलाते...

जाओ। तुमने कहा था ना, छमा छोटों को बड़ों की ही नहीं, बड़ों को भी छोटों की छमा की ज़रूरत पड़ती है। क्या सचमुच तुमने यह कहा था? नहीं, लिखा था?—अपनी उस चिट्ठी में? अगर हाँ, तो जाओ—मैंने तुम्हें छमा किया। अभी इसी क्षण, पिता! अभी, इसी क्षण!

चार

दुनिया बहुत गंदी, बहुत बेरहम है और मैं दुनिया से ज़रा भी अलग नहीं। दुनिया मतलब लोग। कोई सीमा नहीं इस मनुष्य नाम के प्राणी की अतलांत मूर्खता और नीचता की। इतनी सुंदर प्रकृति में यह राक्षस कहाँ से घुस आया? कुछ समझ में नहीं आता। कोई तुक नज़र नहीं आता। यह सब ऐसे ही रहनेवाला है क्या? कुछ भी नहीं बदलना? कोई नीचता, कोई पाप, कोई मूर्खता, कोई अन्याय ऐसा नहीं जिसके लक्षण खुद मुझमें कभी नहीं प्रगट हुए। इसके लिए किसको ज़िम्मेदार ठहराऊँ? यहाँ सभी तो एक सरीखे लाचार और फँसे हुए लगते हैं। कुछ भी तो नहीं सीखता अपनी ग़लतियों से यह आदमी का बच्चा! कैसे कहूँ, यह लीला है? कैसे कहूँ, यह प्रपंच है!

जिस दिन मैंने उस लड़की के जाने के बाद अपने कमरे के तख़्त पर खुद को फिंका जाते देखा, और वह सार्वजनिक विलाप करते सुना, उसी दिन मैंने एक बेहूदा हरकत की। एक गत्ते की तख़्ती बनाई और उस पर लिख दिया—'सेल्समैन, कृपया शांति भंग न करें। मुझे कुछ भी नहीं ख़रीदना। मुझे 'ना' कहने को मजबूर न करें—भगवान के लिए मुझे बख़्शें।'...क्या घर के लोगों ने, क्या पूरे मुहल्ले ने इस तख़्ती का बहुत मज़ाक़ उड़ाया। मेरी पत्नी तो उसे उसी दिन उठाके फेंक भी आई। मगर वह रोज़ उसे फेंक आती, मैं रोज़ उसे वापस ले आता और उसी जगह लगा देता। आख़िरकार उसने हार मान ली और उसे हार मानते देखकर मुझे इतना दुख पहुँचा कि मैंने खुद ही तख़्ती हटा दी। दो-चार दिन भी बिना तख़्ती के नहीं गुज़रे होंगे कि एक दोपहर क्या देखता हूँ कि वह तख़्ती फिर अपनी जगह ठुँक गई है। अब यों तो मैं यही मानता रहा हूँ कि तुम्हारी माँ कुछ भी ऐसा नहीं

कर सकती, जो मेरे लिए अप्रत्याशित हो। मगर तख़्ती की वापसी ने मुझे बुरी तरह चौंका दिया। अब वह ठीक बारह बजे तख़्ती लगा देती है और शाम चार बजे के आसपास लौटकर हटा देती है, ताकि मेरी दोपहर निर्विघ्न हो जाए। क्योंकि यही वह समय होता है, जब वह अक्सर घर पर नहीं रहती।

तो...इस वक़्त ठीक ग्यारह बजे हैं। अभी-अभी वह गई है पड़ोस में लालटेन के यहाँ। दो घंटा अपना ट्यूशन निबटाकर। कुहराम मचा हुआ था...सुबह से। 'नाइन टु इलेवन' उसके ट्यूशन का पहला शिफ्ट चलता है और फिर शाम को 'सिक्स टु एट'। यानी कुल चार घंटा रोज़ वह सिर खपाती है अपना (और, मेरा भी) ख़ामख़ाह। और इससे उसे मिलता क्या है? फ़क़त बारह सौ रुपट्टी महीने में। कित्ती बार कह चुका उससे—तुम्हें इस हाड़मारी की ज़रूरत क्या है? मेरी नौ हज़ार प्रतिमाह की पेंशन और बड़कू की दस हजार महीने की तनख़्वाह क्या इस छोटे से कुटुंब का गड्ढा भरने के लिए काफ़ी नहीं है? मुझे इस गुल-गपाड़े से एलर्जी है। सुबह अल्लाहताला ने क्या ट्यूशन पढ़ाने के लिए बनाई है? मुफ़्त समाजसेवा तो तुम करती ही हो स्वान्तःसुखाय। फिर यह झमेला किसलिए पाल रखा है? नहीं साहब, नहीं। वह मेरे लिए बहरी हो चुकी है। लाख मन को समझाता हूँ जो नहीं है, सो नहीं है। उसके गुणों पर ध्यान दो, अवगुन चित न धरो। बहुत मुमकिन है, जितने गिले-शिकवे तुम्हें उससे हैं, उससे दस गुने उसे तुमसे हों। क्या वह नहीं जानती होगी, तुम्हारी करतूतें? नौ सौ न सही, कम से कम नौ चूहे खा चुकने के बाद ही न तुम्हारे हाजी बनने की नौबत आई है। तो?...

क्या करूँ—कुछ चीज़ों का आदी आदमी कभी नहीं हो पाता। यह ट्यूशन मेरे एकांत को आज भी उसी तरह चींथता है, जिस तरह पहले दिन इसने चींथा था। और एक ट्यूशन ही क्यों? यह जो पुलिस कॉलोनी है ना, मेरी इस प्रोफ़ेसर कॉलोनी से लिपटी हुई...इसके सामने वाले टीले पर बने मंदिर—में सुबह साढ़े पाँच से साढ़े छह तक एक से एक कर्कश भजनों और कीर्तनों के रेकार्ड फुल वॉल्यूम पर चीख़ते रहते हैं और कोई कभी कुछ नहीं कहता—किसी को इससे कोई शिकायत नहीं। अख़बारों में लिख चुका। यहाँ तक कि पुलिस महानिदेशक तक को अर्ज़ी पहुँचा चुका। कहीं कोई सुनवाई नहीं। उल्टे, अपने ही ऊपर आ बनी। कुछ लोग एक दिन सुबह-सुबह मेरे घर आ धमके। 'आप ही हैं जिसने शिकायत लिखवाई है? बोलिए, क्या

परेशानी है आपको कीर्तन-भजनों से? आप हिंदू नहीं हैं क्या?' मुझे हँसी आ गई। 'हिंदू हूँ, इसीलिए तो परेशानी है। मुस्लिम या ईसाई होने में क्या परेशानी है इस मुल्क में?'...उनकी भवें चढ़ गईं। बोले, 'क्या मतलब?' मैंने मतलब समझाने की कोशिश की तो जल्द ही समझ में आया कि फ़िज़ूल है मेरी कोशिश। तो, हाथ जोड़ दिए। कहा—'मैं आपसे बहस नहीं करना चाहता। वैसे भी, मैंने कीर्तन बंद करने को कब कहा? मैंने तो सिर्फ़ माइक का वॉल्यूम कम करने को कहा था।' वे खड़े थे दरवाज़े के बाहर और मैं दरवाज़े का पल्ला थामे दरवाज़े के अंदर। इतने में तुम्हारी माताश्री आ टपकी। 'आइए भाई साहब, आइए ना'...कहते हुए उसने मुझे पीछे खींचा और दरवाज़ा पूरा खोल के उन्हें अंदर किया, सोफ़े पर बिठाया। चाय और गरमागरम पोहे का नाश्ता जो अपने लिए बना था, वह पूरा का पूरा उन्हें परोस दिया। वे 'बहनजी-बहनजी' करते रहे और मुझे इस तरह देखते रहे, जैसे घुसपैठिया मैं हूँ, वे नहीं। जाते-जाते वॉल्यूम कम करने का वादा ज़रूर मुझसे कर गए।

उनके जाते ही मैंने उससे कहा—'तुम्हें हमारे बीच में ख़ामख़ाह जगन्नाथ बनने की क्या ज़रूरत थी? जिनकी शक्ल तक देखना मुझे गवारा नहीं, ऐसे उजड्ड लोगों को तुम सिर पर बिठाती हो। मैं तो उन्हें बाहर से ही चलता कर रहा था। तुम्हें मेरी इज़्ज़त का कुछ तो ख़याल करना था।' इस पर वो हँसने लगी। बोली—'ख़ैर मनाओ कि मेरे ही कारण तुम्हारी इज़्ज़त बच गई। नहीं तो जिस टोन में तुम उनसे बात कर रहे थे, वे बाँह पकड़ के तुम्हें बाहर खींच लेते और तब तुम्हें अपनी इज़्ज़त पता चलती। क्या ज़रूरत थी तुम्हें उनके मुँह लगने की?'....'ज़रूरत थी'—मैं बिफर गया...। 'मेरी क्या ज़रूरत है, यह अब तुम मुझे सिखाओगी?' इस पर वह बोली—'चीख़ो मत। अगल-बग़ल वाले वैसे ही तैयार बैठे थे तुम्हारा तमाशा देखने। अब दूसरा तमाशा यहाँ घर के भीतर खड़ा मत करो।'

मेरी फ़ितरत कुछ ऐसी बनके आई है ख़ुद विधाता के यहाँ से, कि बहुत जल्दी मुझे गुस्सा चढ़ जाता है, बहुत जल्दी वह चरम पर पहुँच जाता है और जैसे ही वह चरम पर पहुँचता है, मैं हकलाने लगता हूँ और फिर गूँगा हो जाता हूँ। वह मेरी इस गुँगलाहट का फ़ायदा उठाने में कभी नहीं चूकती। बस दे मारा उसने एक लेक्चर मेरे मुँह पर। 'एक तुम्हीं तो हो इस कॉलोनी में? और किसी की शांति भंग नहीं होती, सिर्फ़ तुम्हारी होती है।

क्यों? समझ में नहीं आता, भजन-कीर्तन से तुम्हें इतनी एलर्जी क्यों है? फर्ज़ करो अभी तुम्हारे पिताजी यहाँ रह रहे होते हम लोगों के साथ। तो?'... उसे मुझे जब भी निरस्त्र करना होता है, वह यही तुरुप चाल चलती है, मेरे स्वर्गीय पिता को मेरे ख़िलाफ़ खड़ा कर देने की चाल। आख़िर वह उनकी लाड़ली जो थी। 'ठुमुक चलत रामचन्द्र' और...'मेरे तो गिरधर गोपाल, दूसरों न कोई...मेरो पति सोई' ...वग़ैरह, जो वह अक्सर गुनगुनाती रहती है...उन्हीं से न सीखी थी? मगर, इस बार मैं सावधान था। उससे पहले वाली चाल को ही पकड़ के मैंने उसका मोहरा पीट दिया। 'तुम्हारी समझ में कैसे आएगा?' मैंने कहा—'जो मेरी समझ में आता है, वह तुम्हारी समझ में कभी नहीं आना चाहिए, यह तुमने पहले ही तय कर रखा है। जिस चीज़ से मेरा मूड चौपट हो, मेरी शांति भंग हो, वही तुम्हारी समझ में आती है और वही तुम करती आई हो। आज भी तुमने वही किया ना!'

बस जी, मेरा इत्ता कहना था कि उसने रोना शुरू कर दिया...'हाँ-हाँ, मेरी समझ में क्यों आएगा! समझ तो भगवान ने सब तुम्हारे ही नाम कर रखी है। मैं तो वज्रमूर्ख हूँ। तो ले आते अपने ही जैसी समझदार। तुम्हें रोका किसने था? मैं तो मज़बूर थी तुम्हारे पल्ले बँधने को। मगर तुम्हारी क्या मज़बूरी थी?...इत्यादि-इत्यादि...।' वही सब, जो मैं सौवीं या हज़ारवीं बार सुन रहा था।

मगर वो...कमाल है। लैंसडाउन के आसमान सरीखी ख़ूबी उसमें ये है कि अभी घटाटोप है, तड़ातड़ मूसलाधार है, और अभी-अभी एकदम साफ़। कौन कहेगा उसकी धूप-धुली मुस्कान को देखकर, कि यह वही महिला है जो अभी-अभी इतना रोई-धोई थी। 'एक बात पूछूँ।'—उसने कहा। 'पूछिये'—मैंने कहा। बोली—'हरेक को अपना धरम अपनी समझ के मुताबिक़ पालने का हक़ है कि नहीं।'...'ज़रूर है'—मैंने कहा—'अगर दूसरों को अपना धरम पालने में उससे बाधा न पहुँचे तो।'...'तो, तुम्हें क्या हक़ है'—वो बोली,...'कि तुम, जिस चीज़ से उन बिचारों को शांति मिलती है, उसे शोरगुल कहके खारिज कर दो—वह भी उन्हीं के मुँह पे। क्या यह इन्सल्ट करना नहीं है उनकी?'... अब, ऐसे नायाब तर्क पर मैं अपना माथा पीट लेने के सिवा और क्या कर सकता था?

फिर जब कई-कई दिनों तक कीर्तन का शोर एकदम धीमा पड़ा रहा

तो वह विजेता की तरह एक सुबह नाश्ते की मेज़ पर बोली—'क्यों? अब तो नहीं है ना तुम्हें उनसे कोई शिकायत? अब तो मानोगे कि वो भी तुम्हारी तरह ही समझदार और शरीफ़ लोग थे, उजड्ड नहीं?' मैं इस उलटबाँसी पर हैरान हो गया। कहाँ तो ख़ुद ही कह रही थी—वो ऐन मौक़े पर बीच बचाव करने न आती तो वे लोग मेरी धुनाई कर डालते। और...कहाँ अब उन्हीं लोगों की समझदारी और शराफ़त का ढोल पीट रही है! धन्य है तू महामाया! मैंने मन ही मन कहा और चुप रहा। उसके पास अगर ब्रह्मास्त्र है रोने का, तो मेरे पास भी अपनी चुनी हुई चुप्पियों का पर्जन्यास्त्र है।

ख़ैर...सचमुच ही कोई महीने-भर तक वह कानों के परदे फाड़नेवाला शोर थमा रहा और यह चमत्कार ज़ाहिर है, उसी के कारण हुआ। वही मेरी बिगड़ी बनानेवाली साबित हुई। मगर, कहाँ?...महीना बीतते-न-बीतते फिर वही ढाक के तीन पात। उस वक़्त जब टीले का भोंपू पूरे ज़ोर से दहाड़ने लगा था, हम, इत्तफ़ाक़ की बात है, नाश्ते की मेज़ पर थे। मुँह से यों ही निकल गया—'लगता है तुम्हारी दावत का असर ख़त्म हो गया, कहो तो फिर से रपट लिखवा दूँ? फिर वही ड्रामा हो, फिर से कीर्तनिये टूटें हम पर, फिर से तुम उन्हें चाय-नाश्ता करवाओ और फिर से।...बोलो क्या कहती हो? मुझे तो सौदा बिलकुल महँगा नहीं लगता।'

नहीं। बिलकुल नहीं। ये जुमले मेरे ओठों पर फड़फड़ाए ज़रूर, पर बाहर नहीं निकले। वो ठिठोली नहीं समझती। सीधापन भी एक समस्या है। क्योंकि ज़िंदगी सीधी नहीं टेढ़ी है। क्या है यहाँ, जो सीधा है? सब कुछ तो टेढ़ा और बेढंगा है। बिना वक्रोक्ति के कभी कोई बात बनती दीखती है यहाँ? मेरे पिता क्या कोई कम सीधे थे? अपने सीधेपन की उन्होंने क्या-क्या क़ीमत नहीं चुकाई? मगर दुनिया-भर की मार खाते-खाते भी होशोहवास दुरुस्त रहे उनके—कैसे? इसी ठिठोली की वजह से ही न? ख़ासा थियेटर करते रहे थे वो पहले। उनकी देखादेखी लड़कपन में मैंने भी ख़ूब स्वाँग-वाँग किये। मगर मेरे घर में यह नहीं चलता। यहाँ बच्चे भी सयाने हैं और उनकी माँ भी डैम सीरियस। अरे, हर आदमी का अपना-अपना जीने का ढंग होता है। मेरे जैसा कमज़ोर दिल और हद दरजे का नाज़ुकमिज़ाज़ आदमी अगर ज़िंदा है, तो इसी स्वाँग-भँड़ैंती की बदौलत ही न ज़िंदा है? मगर, इनको कौन समझाए? ये क्या समझाने की बात है कि ख़ुद समझने की? चालीस

बरस रात-दिन साथ रहके भी अगर आप नहीं समझ पाईं तो अब मुझको क्या ख़ाक समझेंगी। अरे, मैं तो ठिठोली की आड़ में आपकी सूझबूझ पर ही अपनी सराहना की मुहर ठोंके दे रहा था। मगर, आप इसे भी मेरा व्यंग, मेरी कटूक्ति समझ के बिफर जातीं तो? हमेशा यही हुआ है। हमेशा यही होता आया है। आप मेरे लिए ख़ामख़ाह क्यों ऐसी गुत्थी बन गई हैं, मेरी समझ से बाहर है। आख़िर आप मेरी माताजी की पसंद थीं। पिताजी अलग आपके ऊपर आफ़रीन थे। तो फिर हमीं से आपको क्यों खुन्नस है? हमारी ज़ात-बिरादरी एक, बोली-बानी एक—फिर यह खाई किसने खोद दी हमारे बीच, जिसके आर-पार, न तो आपकी आवाज़ हम तक पहुँचती है, न मेरी आप तक। बताइए ना, ये कैसी उलटबाँसी है, जिसने हमारी ऐसी-तैसी करके रख दी है? जन्मकुंडली भी आपकी-हमारी, सुना सौ-टंच मेल खाई हुई थी। माली हैसियत ज़रूर आपके घर की हमारे घर से बेहतर—कहना चाहिए, बहुत-बहुत बेहतर रही होगी। मगर इसका कोई बहुत गिला आपको रहा हो—हमें तो कभी इसका आभास नहीं हुआ। तब फिर कहाँ क्या ग़लत हो गया?

पाँच

क़ायदे से तो मुझे इस समूचे प्रकरण पर ही रबर फेर देना चाहिए। क्योंकि तुमसे इसका क्या संबंध! तुम तो थे भी नहीं यहाँ उस वक़्त। और, होते भी, तो क्या फ़र्क़ पड़ जाता? घटना वह बिलकुल उसी तरह घटती कि नहीं? तुम्हारे बड़े भाई तो मौक़े पर मौजूद थे ही। वे तो अब खुल्लमखुल्ला अपनी माँ का ही पक्ष लेने लगे हैं। पहले तो आँख मूँदकर मेरी तरफ़दारी किया करते थे, फिर अचानक फ्रण्टियर हो गए; न इधर, न उधर। अब, पिछले कुछ महीनों से उनमें अजीब चेंज आया है। उन्हें मेरी हर बात पर चिढ़ छूटने लगी है। यूँ तो मैं इसे हँसके टाल देता—मगर...अब, तुम्हें क्या बताऊँ—ये हँस के टालने वाली बात बिलकुल नहीं है। इसके साथ एक और बुरी ख़बर जुड़ गई है, जिससे मेरा जीना हराम हो जाने का अंदेशा है। एक शायर की बात याद आती है...कि...'मैं आपसे कहने को था, फिर आया ख़याल एकाएक/कुछ बातें समझना दिल की, होती हैं मुहाल एकाएक...।' मगर मैं करूँ क्या? कहे बिना छुटकारा भी तो नहीं। अजीब साँसत में जान है। क़िस्सा मुख़्तसर इतना ही, कि यह जो चेंज इधर आ रहा है तुम्हारे बड़े भाई में, उसने मेरे भीतर एक प्रेत को जगा दिया है। वह प्रेत कभी-कभी इस क़दर अट्टहास कर उठता है कि मेरे छक्के छूट जाते हैं।...क्या तुम्हें कभी किसी निहायत ही अनजानी सड़क पर चलते हुए अकस्मात् ऐसा अनुभव हुआ है कि यह सड़क अनजानी नहीं है; तुम इस पर पहले भी चल चुके हो और ये मकान, जो सड़क के दोनों ओर खड़े हैं—ये भी तुम्हारे जाने-पहचाने हैं। तुम चलते-चलते चौंककर ठिठक गए हो और याद करने की कोशिश कर रहे हो कि तुम पहले यहाँ कब आए थे—किस जनम में? और तब तुम्हें

लगता है, तुमने कभी सपने में बिलकुल ऐसा ही शहर, ऐसा ही मुहल्ला, ऐसी ही सड़क देखी थी और वह सपना ही यह हक़ीक़त है। तो मेरे साथ भी कुछ ऐसा ही हो रहा है। फ़र्क़ सिर्फ़ इतना ही है कि वह सपना नहीं, हक़ीक़त थी—बेशक दूर पीछे कहीं छूटी हुई, जो अब इस तरह मेरा पीछा कर रही है। और यह लड़का, जो मेरे लिए रातोंरात बदल गया है, यह मेरी ही परछाईं है। और मैं? मैं किसी और की परछाईं हूँ और इन परछाइयों का रिश्ता वही है, जो मेरा और मेरे लड़के का।

बहरहाल, मैं तुम्हें बता रहा था कि तुम्हारे भाई अब मुझसे ऊबने, चिढ़ने, कुढ़ने लगे हैं और यह ऊब, यह चिढ़, यह कुढ़न उनके चेहरे पर, उनके हावभाव से साफ़ ज़ाहिर हो जाती है—वे इसे छुपाने की शिष्टता तक नहीं बरतते। और यह सिर्फ़ अपनी माँ की तरफ़दारी की वजह से नहीं। वे मुझसे कतराते फिरते हैं। अब वे सिर्फ़ अपने कालेज, अपने विभाग की ही किसी टुच्ची-सी बात को लेकर मेरी सलाह माँगने का नाटक करते हैं—मानो मैं उनका बाप नहीं, उनका बॉस हूँ। जबकि तुम्हें अच्छी तरह से पता है, मुझे इन टुच्ची बातों में न कभी कोई दिलचस्पी थी, न है। फिर भी, वे जानते-बूझते वही खटराग ले बैठेंगे, जिससे मुझे कोफ़्त हो और मैं ख़ुद उनसे कतराने लगूँ। उफ़! क्या यह वही गुड्डू हैं, जिन्हें बाक़ायदा ट्रेन करने के लिए, दुनिया का ऊँच-नीच समझाने के लिए मैंने आकाश-पाताल एक कर दिया था—जिन्हें मैं रोज़ सुबह-शाम अपने साथ टहलाने ले जाता था, ताकि उनके अनजाने ही, यूँ ही खेल ही खेल में मैं उनके भेजे और कलेजे में वह सब उँड़ेल दूँ, जो मैंने इतने बरस अपनी काल-कोठरी की चक्की पीस-पीसकर कमाया है। तुम तो, बरखुरदार, इनके पाँच साल बाद प्रगट हुए। तुम पर तो मैं कभी तवज्जो दे ही नहीं पाया। कैसे देता, जब मैं इन्हीं पर जान छिड़कने में लगा था। तुम्हें जब तुम्हारी माँ ने कॉन्वेंट में डाला तो घर में वो घमासान मचा कि तुम्हें क्या बताऊँ! आख़िरकार मुझी को हथियार डालने पड़े।

जबकि तुम्हारे बड़े भैया के वक़्त तो मैंने उनकी एक नहीं चलने दी थी। सरदार पटेल में ही डाला था उनको—हिन्दी माध्यम का जो एकमात्र ढंग का स्कूल इस राजधानी में साँस ले पा रहा है—उसमें। पता नहीं, तुम्हारी माँ को इंग्लिश मीडियम का इतना क्रेज़ क्यों है! ख़ुद तो बेगम साहबा हिंदी स्कूल की ही पैदाइश हैं। बेशक, अपने पिताजी के ही कारण, जो कि उसी

हिंदी स्कूल के हेडमास्टर थे। बाक़ी तो दोनों भाई उनके दून स्कूल की ही उपज हैं और वहीं पढ़ा भी रहे हैं। बड़ा गुरूर है उन्हें अपने इस स्कूल के प्रॉडक्ट और प्रोड्यूसर होने का। मैंने तो उनसे साफ़ कह दिया—'यह तुम्हारा वहम है कि अंग्रेज़ी तभी आती है, जब कॉन्वेंट में दाख़ला मिलता है। तुम्हारे लड़के को अंग्रेज़ी पढ़ाने का ज़िम्मा मेरा।' अब देखो, मैं ही सही साबित हुआ कि नहीं? तुम्हारे भाई साहब क्या तुमसे कोई कम फर्राटेदार अंग्रेजी बोलते हैं? किसने सिखाई उन्हें यह फर्राटेदार अंग्रेज़ी—अगर मैंने ही नहीं, तो? और, मैंने तो कॉन्वेंट की शक्ल भी नहीं देखी कभी। हमारे ज़माने में ये मिशनरियों की दूकानें होती ही कहाँ थीं? ये तो सब आज़ाद भारत की देन हैं।

तुम्हारी माँ तो अंग्रेज़ी क्या, हिंदी भी सलीके से नहीं बोल पातीं। दो लफ़्ज़ ज़ुबान से उनके लुढ़के नहीं, कि साफ़ पता चल जाता है, गढ़वाली हैं। 'स' को 'स' नहीं 'श' ही बोलेंगी। और, फिर भी दुनिया-भर की मास्टरनी बनी बैठी हैं। मेरी तो मास्टरनी, ख़ैर, वो जबसे मेरी ज़िंदगी में दाख़िल हुईं, तभी से हैं। हाँ, तुम लोगों को पढ़ाने की जहमत उन्होंने कभी नहीं उठाई। वह शुरुआत से ही मेरा सिरदर्द रहा, उनका नहीं। अरे, ट्यूशन करने का इतना ही शौक़ है तो अपने बच्चों को पढ़ाओ ना। नहीं साहब, नहीं। अपने बच्चों को तो खिला-खिलाकर बिगाड़ने भर की ड्यूटी इनकी है। पढ़ाने का ज़िम्मा तो बाप का है, माँ का नहीं। डाँटना-फटकारना हो, तो मैं। सहलाना-पुचकारना हो, तो ये। अनुशासन सिखाने को मैं, छुट्टा चरने देने को ये।

ये मैं पेंसिल से लिख रहा हूँ कि रबर से? आख़िर किसको सुना रहा हूँ मैं यह देवी भागवत? मेरा दिमाग़ तो ठिकाने है? पता नहीं, क्या ऊल-जलूल बके जा रहा हूँ जबसे। तुम्हें हाज़िर-नाज़िर जानकर। क्यों भई, क्यों? तुम्हें हाज़िर-नाज़िर बनाने का मेरा मक़सद क्या हो सकता है?...जब तुम्हारे बड़े भाई साहब पर—जिन पर पन्द्रह बरस दिन-रात जान झोंकी—उन्हीं पर मेरी नहीं चली, तो तुम्हीं पर कैसे चल जाएगी? काश, मेरे दो बेटे नहीं, बेटियाँ ही बेटियाँ होतीं!...बात घिसी-पिटी लगती है। पर सौ टंच सही है कि बेटियाँ ही बाप पर जाती हैं। सिर्फ़ जाती ही नहीं, बाप का दरद भी उन्हीं को होता है। बेटे साले तो अपनी माँ के ही होते हैं। ज़रा सुभद्राकुमारी चौहान की

बेटी की किताब तो पढ़ के देखो। माँ पर ही लिखी है किताब, बेशक। मगर, देखो तो सही, अपने पिता के साथ कैसा न्याय किया है उसमें!

उफ़! किताबीपन की भी कोई हद होती है। मुझे इतनी दूर की कौड़ी लाने की क्या ज़रूरत थी? हाथ कंगन को आरसी क्या? चिराग़ तले का अँधेरा भी नहीं दीखता क्या मुझे? बेशक ज़िंदगी में मार खाते-खाते मैं ज़रा कड़क क़िस्म का बाप बन गया हूँगा। मगर इसीलिए ना, कि अपने पिता के ढुलमुलपन के कारण मेरा जो कबाड़ा हुआ, वैसा मेरे बच्चों का न हो। पिता ही क्यों, क्या मेरी माँ ने भी कोई कसर छोड़ी मुझे ज़िंदगी-भर के लिए अपाहिज बना डालने में? सारी उम्र अपनी माँ के गुन गाता रहा। और, अब जाकर मेरी समझ में आ रहा है कि उसी के लाड़-प्यार ने मेरा बंटाधार किया। ठीक है कि उसी की बदौलत मैं मरते-मरते बच गया था छुटपन में। तो क्या हुआ? मरा तो नहीं ना? बचा तो रहा। अब ये भी क्या बात हुई कि तुम अपने बूते जिस मांस-पिंड को मौत के मुँह से खींच लाई—भले मेरी बहनों को नहीं बचा सकीं—उसे—उस कम्बख़्त को तुम मौत से भी कहीं बदतर इस ज़िंदगी के मुँह में जाकर बचे रहने की कला भी न सिखा पाओ। अरे, यह दुनिया क्या तुम्हारी ममतामयी माँ है, जो तुम्हें अपने हाथ से एक पानी का गिलास तक नहीं भरने देगी? माँ अगर वह है भी, तो सौतेली माँ है, जो हर पल इसी फिराक में रहती है कि कैसे तुम्हारे पानी में, या दूध में ज़हर मिला दे, कैसे तुम्हारी राह में बारूदी सुरंग बिछा दे, तुम्हारा जीना हराम कर दे। तो, माँ-बाप हों तो ऐसे हों, जो ऐसी ख़ौफ़नाक कालिया दुनिया के भी सिर पर पाँव रख के चलना सिखाएँ। कल्प-वृक्ष की तरह न बन जाएँ कि,...'बेटा, माँग तुझे जो चाहिए, तेरी हर ज़िद पूरी करने के लिए ही मैं जीवित हूँ। मैं भले भूखी सो रहूँ, तुझे चुपड़ी रोटी मिलेगी। मेरे जीते जी तेरा बाल बाँका नहीं कर सकेगा कोई।' ...बस, अब आप ज़िंदगी भर इसी भरम में गिरफ़्तार हो रहिए कि सब कुछ अपने आप होता जाएगा—तुम्हें हाथ-पाँव हिलाने की भी ज़रूरत नहीं। मगर घर की देहरी लाँघी नहीं कि पत्थर बरसने लगेंगे। तब कौन तुम्हारी रक्षा करेगा?

पंचतंत्र? जी हाँ। अरे उल्लू के पट्ठे नहीं थे अपने पुरखे, जिन्होंने एक तरफ़ तो वेद-उपनिषद् रचे—ईरान-तूरान की हाँकी, अमृत-पुत्र और जाने क्या-क्या घोषित कर मारा इस दो कौड़ी के आदमजात को; और दूसरी तरफ़

यह हितोपदेश-पंचतंत्र दे मारे उसके माथे पर—कि, बेटा यह है तुम्हारी जगह इस दुनिया में। यह दुनिया, यह ज़िंदगी एक दंडकारण्य है और दंडकारण्य में सिर्फ़ आरण्यक-उपनिषद् ही नहीं होते; खर-दूषण, शेर-बाघ, साँप-बिच्छू भी होते हैं। तुम्हें लघुपतनक कव्वे से सीख लेनी होगी, हिरण्यक चूहे और मंथर कछुए और जाने किस-किससे सीख लेनी होगी। यह मुग़ालता मत पालो कि आदमी के घर पैदा हो गए तो अब पीछे नहीं लौटोगे। अरे, ब्राह्मण के घर राक्षस पैदा नहीं होता क्या? और, राक्षस के घर में विभीषण पैदा नहीं हो सकते क्या? तुम कभी भी, कहीं भी गिर सकते हो। एक से एक भयंकर खाइयाँ तुम्हें निगलने को मुँह बाएं खड़ी हैं। दुनिया में रहना है बेटा, तो 'मित्र-लाभ' की चिंता सबसे पहले करनी होगी और वह हो भी गया तो इस भरोसे निश्िंचत मत हो लेना कि तुम्हारी दोस्ती में कभी दरार नहीं पड़ेगी। दरार डालने वाले हर जगह, हर कहीं तुम्हारे आस-पास ही मँडरा रहे होंगे। एक लोमड़—महज़ एक लोमड़—तुम्हारी दोस्ती के दुर्ग में सेंध लगाकर उसे भीतर से तोड़-फोड़ डालेगा और तुम ख़ुद ही अपने आपको दुश्मन की माँद तक खींच ले जाओगे। यहाँ 'मित्र-लाभ' पर हमेशा, हर घड़ी 'सुहृद्भेद' की आशंका मँडराएगी। जहाँ-जहाँ 'संधि' करते फिरोगे तुम, वहीं-वहीं क़दम क़दम पर 'विग्रह' अपना जाल लिये तुम्हारा पीछा करता मिलेगा। यह जो मनुष्य नाम का प्राणी है—'मानवीय मध्यवर्ती' जिसे तुम लोगों की ही किसी ज़ुबान में कहा गया है—इसमें जहाँ एक तरफ़ देवत्व की तरफ़ ले जाने वाली उजली संभावनाएँ हैं, वहीं दूसरी तरफ़ रसातल में पटक देने वाली घनघोर आशंकाएँ भी हैं और रसातल की खींच के सामने उजले आसमान की ओर टकटकी लगाए आँखें क्या हैं? कुछ भी नहीं। लाखों में कोई एक होगा जो आसमान की ओर लपकेगा; बाक़ी तो सब पृथ्वी के गुरुत्वाकर्षण की ही गुलामी ढोने को लाचार होंगे। देखा नहीं तुमने, कि कैसे एक जगह ख़ुद 'हितोपदेश' लिखने वाला फूट-फूटकर रोने लगता है, बुरी तरह चीख़ने-चिल्लाने लगता है कि 'हे भगवती वसुधा, तू कैसी है जो मेरे परम उपकारी और सहज विश्वासी भोले-भाले लोगों के साथ ही छल-कपट करने वाले विश्वासघाती कुकर्मियों को भी छाती से लगाए हुए है। क्यों नहीं तू फट जाती और निगल जाती इन पापियों को?'

मगर,...हे विष्णु शर्मा! तुम तो अच्छी तरह जानते हो कि दुनिया जो

है, सो है। वह तुम्हारे इस तरह चीख़ने-चिल्लाने से, सार्वजनिक विलाप करने से तो बदल जाने वाली नहीं है। इसे बदलने का दम भरने वाले ख़ुद सबसे नृशंस आततायियों की शक्ल में पेश होने लगते हैं, जब भी उनकी बारी आती है। बल्कि, तुम्हारे दो ढाई हज़ार साल बाद पैदा हुए हम कुछ ऐसा सबक भी सीख चुके हैं, जो तुम नहीं सिखा सके। जो तुम्हारी पैनी आँखों से भी ओझल ही रहा शायद। और वह सबक़ ये है विष्णु भाई, कि इस मनुष्य नाम के प्राणी को धूर्तों और दुष्टों से सावधान रहने की इतनी ज़रूरत नहीं है, जितनी तुम्हारे इन तथाकथित पुण्यात्माओं-मसीहाओं से। सच में इन कम्बख़्त 'डू गुडर्ज़' ने तुम्हारी वसुधा की जैसी ऐसी-तैसी की है, वो साक्षात् शैतान भी नहीं कर सकता।

छह

मैं दुबारा, बल्कि तिबारा बहक गया। 'हितोपदेश' शायद कोर्स के बाहर की वह पहली किताब रही होगी, जो मेरे बचपन ने पढ़ी। मगर वह प्रकरण यहाँ उछला कैसे? मैं तो तुमसे तुम्हारी माँ की शिकायत कर रहा था। कि, कैसे वह तुम्हारे बड़े भाई साहब को अंग्रेज़ी स्कूल में दाख़ला दिलवाने पर अड़ी हुई थी और कैसे मैंने उससे पार पाया। मगर, जब तुम्हारी बारी आई तो मुझे समझौता करना पड़ा। तुम्हें उसने अपने मायके, यानी मसूरी के सबसे शूँ-शाँ कॉन्वेंट के हवाले करके ही दम लिया। ठीक है, कि मैंने तुम्हें बिगड़ने नहीं दिया। जब भी मौक़ा मिला, हिंदी का अंकुश गड़ाए रखा तुम्हारी गर्दन पर...। वरना, तुम्हारी माँ ने तो अपनी तरफ़ से कोई क़सर नहीं छोड़ी थी तुम्हें 'बा-बा ब्लैकशीप' बनाने में। मगर...आख़िरकार नतीजा क्या निकला उस सारी जद्दोजहद का? यही ना, कि जिसे मैंने शुरू से ही अपनी शर्तों पर ढाला—वही मुझसे परे छिटका जा रहा है? अच्छा-ख़ासा जेठा-पेठा मेरा बेटा हरिलाल हुआ जा रहा है।

राम-राम! मैं यह क्या बक गया! हमारे बड़कू कब से बलवाई बन गए? बलवाई बनने के लक्षण उनमें तो कभी दीखे नहीं। वे तो बड़कू होकर भी छुटकू ही बने रहे और बने रहेंगे। फ़र्क़ जो पड़ा, वह इतना ही, कि मुझे भ्रम था, वे मुझको अच्छी तरह समझते हैं—मेरे विचारों को, आदर्शों को सचमुच ही अपना लिया है उन्होंने। मगर, मुझे पता भी नहीं चला कब और किस तरह वे भीतर ही भीतर कटते चले गए मुझसे। बेशक, बाहरी तौर पर मेरे अनुगामी बनने का सफल नाटक निभाते हुए। अब तो, लगता है, उन्हें अभिनय की भी ज़रूरत नहीं रह गई। साफ़ पता चल जाता है, उन्हें मेरी कोई परवाह

नहीं। उनका अधीरज, उनकी विरक्ति, यहाँ तक कि झुँझलाहट भी साफ़ झलक जाती है उनके चेहरे पर। क्या मैं इतना भी नहीं समझता? रही-सही जो क़सर थी—एक ठो प्रेम-कथा और प्रेमविवाह की, वह भी अब हमारी गृहलक्ष्मी जी की कृपा से जल्द ही पूरी होने वाली है। चौंको नहीं बरखुरदार, ये हक़ीक़त है; मेरी ख़ामख़याली नहीं। क्या तुमने कभी सपने में भी सोचा होगा कि तुम्हारे भाई मियाँ तुम्हारे लिए एक ठो मदरासी भाभी ले आएँगे? पर,...विधाता की लीला अपरंपार है और वह अकल्पनीय भी अब, बस घटित होने ही जा रहा है। और इस समूचे प्रकरण में मैं कहीं नहीं हूँ। क्या ही दाँव खेला तुम्हारे बड़े भाई ने, देखा? कैसे उनकी हिम्मत हुई अपनी माँ से 'कन्फेस' करने की? जबकि वो उनका इंतजाम किए बैठी थीं पहले से। क्या ही कॉन्वेंट-स्टाइल कन्फ़ेशन रहा होगा वह, ज़रा सोचो, जिसने तुम्हारी महतारी सरीखी चट्टान को भी पिघला दिया। मेरे प्रगतिशील विचारों पर तुम्हारे भाई साहब को भरोसा नहीं था और अपनी माँ पर था जो कि इन मामलों में मेरी माँ की तरह चुपचाप आँसू बहाने और खाना-पीना छोड़ देने की बजाय चिल्ला-चोट मचा देती। आख़िर उसने तो वहीं लैंसडाउन में अपनी बहू खोज के रखी थी कभी से। अरे, वही अपने प्रेमबल्लभ ताऊजी की लड़की। कितना बढ़िया रिश्ता था!

तुम ग़लत मत समझना मुझे। क्या मैंने कभी भी तुम लोगों पर अपने विचार, अपने आग्रह-दुराग्रह थोपने की कोशिश की? साफ़-साफ़ बताओ। मुझे दिखावे से बड़ी नफ़रत है। जो भीतर है तुम्हारे, वही बाहर भी होना चाहिए। तुम बताओ, तुम्हारे भाई को मुझ पर भरोसा करना चाहिए था कि नहीं? मैं, जो खुद अपनी माँ के आगे लाचार होके सूली चढ़ गया था, क्या अपने लड़के को भी सूली चढ़ा देता? टोकता तो ज़रूर पहले—ठोंक-बजाकर भी देखता कि आख़िर इनने क्या देखा उस मदरासिन में, जो अपनी माँ की पसंदीदा उस गुणसुंदरी को छोड़कर ये उसके पीछे दीवाने हैं। मैं पक्का ज़रूर कर लेता कि ये इनका महज़ दीवानापन है याकि सचमुच पूरे होशोहवास में सोच-विचार कर लिया गया निर्णय है। चिंता तो होती ही है एक पिता को अपने बच्चों के भविष्य की। और भविष्य क्या सिर्फ़ एक अच्छी नौकरी कबाड़ लेने का मामला भर है? ठीक-ठाक जीवन साथी मिल जाने का, मेल-मिलाप वाली गिरस्ती की भावनात्मक सुरक्षा का भी मामला नहीं है क्या

वह? आख़िर बच्चों के स्वभाव और सामर्थ्य-असामर्थ्य का पता माँ-बाप को नहीं होगा तो और किसको होगा? अब, जितना मैं अपने बड़े बेटे को जानता समझता हूँ, उसमें उनकी इस तरह की कारगुजारी की तो कल्पना ही मेरे लिए अकल्पनीय सी थी।। यह भी, कि वे इस तरह का चक्कर इतने गुपचुप ढंग से इतने अरसे से चलाए हुए हैं और हमें कानोंकान ख़बर तक नहीं। भला कौन सोच सकता था कि वे मेरी हिस्ट्री रिपीट करने जा रहे हैं! 'द सिन्स ऑव द फ़ादर्ज़ आर विज़िटेड अपॉन देयर चिल्ड्रेन'—बाइबिल जो कहती है, वह ठीक ही कहती है, यह मुझे अब जाकर पता चला।

पता नहीं तुम्हारा क्या होगा। सुनो, तुम भूलकर भी इस रास्ते का रुख़ न करना। वर्ना, मेरा घर 'तीन बत्ती चार रास्ता' हो जाएगा और मुझे अपने कारणों से नहीं, तुम्हीं लोगों के कारण हरिद्वार का टिकट कटाना पड़ेगा। अब तुम पूछोगे ये हरिद्वार कहाँ से आ गया? लो...सुन लो, ये कथा भी। हुआ यह, कि अभी पिछले माह मुझे देहरादून जाना पड़ गया किसी काम से। तो लौटते हुए मुझे सूझा क्यों न इस मौक़े का फ़ायदा उठाऊँ और ऋषिकेश-हरिद्वार हो ही आऊँ। तो...लक्ष्मण झूला पार करके ज्यों ही स्वर्गाश्रम के पास पहुँचा, कि मुझे क्या लगा कि मुझे देखकर ही अचानक गंगा अपने रास्ते से मुड़कर मेरी तरफ़ दोनों बाँहें फैलाए उमड़ी चली आ रही हैं। गंगा-स्नान करने का मुझे—सच मानो—ख़याल तक नहीं आया था। मैं तो—तुम लोग जानते ही हो—आज तक कोई तीर्थ-वीर्थ नहीं गया। इच्छा ही नहीं जागी कभी। कोई मतलब ही नहीं मेरे लिए तीर्थ-वीर्थ का। एक बार, बस एक बार, बनारस की सैर कर रहा था तो महज़ कुतूहल का मारा विश्वनाथ की गली में घुस गया था। उफ़! इस क़दर भीड़भाड़, इस क़दर गंदगी थी कि मैं तो आधे रास्ते से ही वापस लौट आया था। कान पकड़ लिये थे तब से, कि कभी किसी तीर्थ स्थान पर नहीं जाना है भूलकर भी। ऐसे में, क्या दिसंबर की उस कड़ाके की ठंड में मुझे मरना था—गंगा नहाकर? यूँ ही आए दिन सरदी-जुकाम हुआ रहता है मुझे। फिर, जिस तरह की श्रद्धा से प्रेरित होकर लोग ऐसी जगहों में जाते हैं, उसका भी तो मुझमें नितांत अभाव रहा है। मेरे लिए गंगा सिर्फ़ तमाम और नदियों की तरह एक ठो नदी का नाम भर है : इसके अलावा, और इससे ज़्यादा कुछ भी नहीं। मगर उस दिन तो कमाल ही हो गया। सोचना पड़ता है—आख़िर कहाँ जाएँगे हजारों बरसों के गड़े

हुए संस्कार? हम क्या सचमुच जानते हैं अपने मन को, अपने तथाकथित अंतःकरण को? नहीं जानते। बिलकुल भी नहीं जानते—अब तो यही कहना पड़ेगा। तो...वह जो नदी भागती आई मेरे पास, वह पलक मारते गंगा मइया बन गई और मैंने स्वयं को उसकी गोद में पाया। छाती तक डूबा हुआ था मैं। पाँव थे कि उखड़े जा रहे थे। घबरा नहीं रहा था बिलकुल—यह भी कैसे कहूँ? तैरना-वैरना कभी सीखा नहीं मैंने। पास ही एक बूढ़ी अम्मा नहा रही थी। साक्षात् गंगा मइया लगी वो मुझको। मैंने कहा—'अम्मा ज़रा अपना लोटा दोगी मुझे'? वो हँसने लगी। 'लोटा क्या करेगा बेटा? मइया के पास आया है तो डर काहे का? लगा ना डुबकी। कुछ नहीं होगा बेटा—गंगा मइया में डुबकी लगाने से सरदी-वरदी सब भाग जाती है'...इस वक़्त वह सारा सीन मुझे किस क़दर सिनेमाई लग रहा है!...मगर अक्षरशः सच है यह। उसने जो कहा था वही, मैं हूबहू दुहरा रहा हूँ।

बस तो...मैंने आँखें मूँदीं, पाँव जमाए और एक के बाद एक चार-पाँच डुबकियाँ लगा गया। पाँव उखड़े जा रहे थे मेरे—डगमगा रहा था बुरी तरह—इस क़दर वेगवती थी गंगा माई। पर मुझे तो यह बूढ़ी अम्मा ही साक्षात् गंगा मइया लग रही थी। उसके रूप में गंगा मइया ही मुझे बुला रही थी—मेरा हौसला बढ़ा रही थी। मेरे उखड़ते पाँव अचानक अपने आप जम गए। आँखों में आँसू उमड़ पड़े। क्या बताऊँ बेटा, मुझे क्या हो रहा था उस क्षण...! उस वक़्त मेरी जो दशा थी, तू देखता तो तुझे अपनी आँखों पर विश्वास नहीं होता। तेरे फूफाजी तक—जो मेरे लिए इस बीच नया तौलिया ख़रीद लाए थे और किनारे पर खड़े-खड़े मुझे आवाज़ देते-देते थक गए थे—वे भी शायद मन ही मन घबरा गए थे कि मुझे हो क्या गया जो पानी से बाहर आने का नाम ही नहीं ले रहा हूँ और कुछ सुन ही नहीं रहा हूँ, देख तक नहीं रहा हूँ—मुड़कर उनकी तरफ़।...

जब अंततः मेरा ध्यान टूटा तुम्हारे फूफा की चिल्लाहट सुनकर, तभी मुझे होश आया। डगमग करता हुआ किनारे की ओर बढ़ा तो उसी वक़्त मुझे एकाएक अपने बचपन की—नहीं, लड़कपन की वह घटना याद आ गई जो इतने बरस जाने कहाँ दुबकी पड़ी थी। तुझे तो शायद उसमें घटना जैसा भी कुछ न लगे, क्योंकि तूने तो नाम भी नहीं सुना होगा उस महात्मा का, जिसके कारण मैं इस ऋषिकेश-हरिद्वार नाम के तीर्थस्थान की ओर सबसे

पहले आकर्षित हुआ था। उफ़! यह अनमोल जीवन मैंने व्यर्थ ही गँवा दिया। कुछ भी तो नहीं कर सका मैं! कितने ऐसे अनमोल और वरदानी अवसर मेरे भाग्य-विधाता ने जुटाए होंगे मेरे लिए—पर इसे मेरी कायरता कहो, जड़ता कहो, या अपने-आप अपने बूते कोई निर्णय न ले सकने की गहरे पैठी अक्षमता कहो—हर ऐसा अवसर मैंने अपने हाथ से यूँ ही निकल जाने दिया। दरअसल, जो बात मैं तुमसे कहना चाहता था—सब बातों की बात—वह यही थी। मैं अपनी इस ग्रंथि को—इस गाँठ को—तुम्हारे सामने खोलना चाहता रहा था—जिसने कि मुझे कभी भी वह नहीं होने या बनने दिया, जो मुझे होना और बनना था। मैं हमेशा एक अनिश्चय, अनिर्णय का ही शिकार बना रहा। क्या कहोगे इसे? साहस का, संकल्प का अभाव? कुछ भी कह लो—यह सबसे बड़ी गाँठ मेरी—जिसका एक ज़बरदस्त साक्षात्कार-सा मुझे उस दिन वहाँ गंगा-तट पर हुआ—वह मैं बताना चाहता था किसी अपने, बहुत अपने को—ताकि मैं उसे अच्छी तरह पूरी तरह खोल सकूँ—मुक्त हो सकूँ, उबर सकूँ सचमुच उससे। जीवन के इस आख़िरी मोड़ पर। हालाँकि अब बहुत देर हो चुकी है।

हाँ तो, ग्यारहवीं में पढ़ता था शायद मैं उस वक़्त और बहुत बीमार पड़ा था। बहुत ख़राब क़िस्म का अनीमिया है मुझे, ऐसा एक डाक्टर ने बताया था और उसी चक्कर में एक साल भी ख़राब हो गया था मेरा। एक डाक्टर फूफा थे मेरे पौड़ी में—उन्हीं के पास भेज दिया गया था मुझे इलाज के लिए। वहीं—उन्हीं के घर में मैंने पहली बार ऋषिकेश के स्वामी शिवानंदजी का नाम सुना था। कोई मासिक पत्रिका उन्होंने लगा रखी थी, जिस पर स्वामी शिवानंद, योग-वेदांत फ़ॉरेस्ट रिसर्च यूनिवर्सिटी छपा रहता था। तो, उसके जितने अंक मिले, सभी मैंने चाट डाले और मुझ पर जुनून-सा सवार हो गया स्वामी जी के दर्शन करने का, उनके आश्रम में जाके कुछ दिन रहने का। उसमें योग और प्राकृतिक चिकित्सा से आश्रम में हर रोग का इलाज होता है, इसका भी ज़िकर था। एक दुर्दम्य आकर्षण के वशीभूत होकर मैंने सीधे स्वामी जी को संबोधित करते हुए एक लंबा पत्र अपनी शारीरिक-मानसिक और पारिवारिक हालत का बयान करते हुए लिखा। फूफाजी से छुपाकर—हालाँकि फूफाजी ने ही मुझे बताया था कि जिस मेडिकल कॉलेज से उन्होंने डॉक्टरी पास की थी, वहीं से स्वामी शिवानंद जी ने भी उनसे थोड़ा पहले एल.एम.

पी. पास किया था और मलेशिया, सिंगापुर...जाने कहाँ-कहाँ अपने डाक्टरी पेशे के सिलसिले में भटक चुकने के बाद साधु बन गए थे और ऋषिकेश में आ बसे थे।

तुम क्या विश्वास करोगे, मेरे उस पत्र का उत्तर खुद स्वामी जी ने अपने हाथ से लिख भेजा था। वह आज भी मेरे पुराने कागज़-पत्रों में ज़रूर कहीं सँभला रखा होगा। मेरी मूर्खता, मेरी अकर्मण्यता के एक अमिट स्मारक की तरह। उन्होंने मुझे तुरंत आश्रम आने का निमंत्रण दिया था। यह भी लिखा था कि मैं ख़र्च की परवाह न करूँ—बस आने-जाने के टिकट-भर का बंदोबस्त कर लूँ। महीने-भर में मुझे पूर्ण आरोग्य-लाभ होगा इत्यादि।

किसने टोका था मुझे? क्यों नहीं जा पाया मैं? कैसे मैंने उस दुर्लभ अवसर को गँवा दिया? किस क़दर डरपोक और घोंचू क़िस्म का लड़का रहा हूँगा मैं! तब तक कभी घर से बाहर क़दम नहीं रखा था मैंने। घर यानी लैंसडाउन, गढ़वाल, जहाँ से हरिद्वार बस पाँच-छह घंटों का ही सफ़र होगा। मैं हमेशा दूसरों का ही मुँह जोहता रहा। दूसरे ही मेरे लिए फ़ैसला करते रहे। तुम क्या सोचते हो मेरे बारे में? मैं तुम्हारी आँखों से भी खुद को देखना चाहता हूँ। आख़िर अब तुम भी बच्चे नहीं रहे। दो साल के भीतर तुम देश के उच्चतम संस्थान से उच्च कोटि के इंजीनियर बनकर निकलोगे। तुम क्या सोचते हो मेरे बारे में—यह जानना मेरे लिए ज़रूरी है। दरअसल मेरे प्रति तुम्हारे बड़े भाई के रुख़ में जो बदलाव आया है इस बीच, इसने मुझे पहली बार अपने बारे में सोचने को मजबूर कर दिया है। नहीं तो इस तरह की बात मेरे मन में कभी नहीं आई थी। अपनी तरफ से तो मुझे कोई कारण नहीं दीखता उसमें ऐसा बदलाव आने का। कहाँ क्या ग़लती हुई मुझसे—मेरी समझ के बाहर है। क्यों वह अपने मन की बात मुझसे नहीं कर सका? क्यों उसने अपने तईं इतना अहम फ़ैसला कर लिया और मुझे बताने तक की ज़रूरत नहीं समझी? वह मेरा आज्ञाकारी बेटा, जिससे मुझे कभी कोई शिकायत नहीं रही—जो मेरे इतने नज़दीक था, कि मैं अक्सर भूल ही जाता था वह मेरा दोस्त नहीं, बेटा है, क्यों एकाएक मुझसे कटके दूर हो गया? मेरे पास बैठकर दो बात करना तक उसे अखरने लगा है। बस, धुंधमारी नहीं करता, कभी कोई कठोर वचन नहीं निकला उसके मुँह से—यह तो ठीक है। पर,...इस चुप्पी, इस बेरुख़ी से तो यही बेहतर होता कि वह मुझसे

लड़ता-झगड़ता। कुछ पता तो चलता मुझे, कि आख़िर मुझसे उसे शिकायत क्या है? क्या अभी तक का उसका विनम्र और आज्ञाकारी आचरण महज़ एक दिखावा था, मुखौटा-भर? क्या कसर रख छोड़ी थी मैंने उसके लिए? उसकी कौन-सी ऐसी इच्छा थी, जिसकी पूर्ति में मैं बाधक बना होऊँ? तब फिर क्यों उसने मुझसे ऐसा व्यवहार किया, जैसे मैं उसका दुश्मन हूँ—इतना ही नहीं, मेरी ख़ुशी-नाख़ुशी की, सहमति-असहमति की उसे कोई परवाह नहीं। जैसे उसके हित की चिंता सिर्फ़ उसकी माँ को है; मैं तो बस अड़ंगे लगाना जानता हूँ और मेरी तानाशाही अब नहीं चलेगी और अब उसकी माँ ही उसकी सब कुछ है, मैं कोई नहीं।

जितना ही मैं इस पर सोचता हूँ, उतनी ही मेरी उलझन बढ़ती जाती है। हर घटना का कोई न कोई कारण तो होता ही है। कारण पता चल जाता है तो चित्त को शांति मिले न मिले, एक समाधान तो मिल जाता है बुद्धि को। मगर इस मामले में मेरी बुद्धि भी बिलकुल काम नहीं कर रही। दूर-दूर तक भी अपना कोई क़सूर मुझे नहीं दीखता, जिसका बदला मेरा बेटा इस तरह से ले रहा है।

ऐसे में एक ही हल इस पहेली का मुझे सूझता है और वह तर्क-बुद्धि में नहीं अँटता। कोई नहीं मानेगा इस बात को। मैं भी नहीं मानना चाहता। मगर...रह-रहकर भीतर कोई टहूका मार रहा है कि यह सब मेरे कर्मों का फल है। कोई कार्य-कारण शृंखला नहीं—मेरे किसी पिछले जन्म वाली बात भी नहीं, पर कर्मफल जैसी बात तो ज़रूर है। नहीं तो वे पनीले अच्छर, वे अमिट, मगर धुँधले और अधपढ़े अच्छर रह-रहकर क्यों मेरी आँखों के सामने कौंध जाते हैं? मैं भी तो आज्ञाकारी पुत्र ही था अपने पिता का। उनके सबसे ज़्यादा निकट। हमेशा अपने साथ ही रखते थे मुझे। जो कुछ उन्होंने पाया था, सीखा था, बटोरा था अपने जीवन में, सब कुछ मुझमें उँड़ेल देना चाहते थे। और मैं भी तो छाया की तरह उनके साथ ही लगा रहता था। बरसों यही सिलसिला चला। फिर एक दिन आया जब वह एकबारगी टूट गया। कैसे टूटा, क्यों टूटा, यह बेकार का सवाल है। टूट गया, यही सच है। और...अपने अनजाने ही, भीतर ही भीतर, आप से आप, मैं उनसे दूर होता गया। इतना दूर, कि वह जो साथ था उनका-मेरा उतने बरसों का, वह सब मानो किसी पूर्वजन्म की बात हो, इस तरह बिला गया। एक अफाट मरुस्थल में।

गर्मी की छुट्टियों में पहाड़ पर जाने का सिलसिला बहुत पुराना है मेरा। मैं जाता था और वे जैसे वहाँ होकर भी मेरे लिए नहीं होते थे। कभी मेरे पास आकर बैठते थे तो मुझे असुविधा होने लगती थी। अजीब बेचैनी-सी, कि वे क्यों आए हैं। क्या चाहते हैं मुझसे? क्या बात करूँ उनसे—कुछ सूझता नहीं था। वे चुपचाप थोड़ी देर बैठकर उठ जाते थे। मैं भी राहत की साँस लेता था। कोई संवाद नहीं बचा था हमारे बीच। वह सेतु अपने आप ही जाने कब का ढह चुका था, जिसका मुझे पता भी नहीं चला कि वह कब ढह गया। दया जैसा कुछ भाव उमड़ता होगा कभी-कभी, तो वह मुझे उनसे और भी दूर छिटका देता था। वह और भी बुरा लगता था—वे दया के पात्र बने जा रहे हैं, यह बात ही मुझे असह्य लगती थी। तो क्या हमारे बीच जिन चीज़ों का कभी साझा रहा होगा, वे चीज़ें मेरे अंदर कभी की सूख गई थीं? वह दुनिया ही मेरी नहीं रह गई थी? हाँ, सच तो यही है कि मैं कब का उसे निकालकर फेंक चुका था या फिर इसे यूँ कहा जाए कि मैं कब का बेदख़ल किया जा चुका था उस दुनिया से। और वे उसी दुनिया के प्राणी थे—मेरी उस नई दुनिया के नहीं, जिसमें उनका कोई साझा संभव नहीं था। जो कहीं से भी उनकी दुनिया नहीं थी। मेरे-उनके बीच एक अपाट्य खाई खुद गई थी, जिसके आर-पार न मेरी आवाज़ उन तक पहुँच सकती थी, न उनकी आवाज़ मुझ तक।

तो क्या, अब कुछ वैसा ही मेरे साथ घटित हो रहा है? मैं अपने पिता की जगह पहुँच गया हूँ? ठीक वहीं, उसी जगह, जहाँ पर वे थे? अपनी ही आवाज़ मुझे उनकी जैसी लगने लगती है। मैं घबरा जाता हूँ कि यह हो क्या रहा है मेरे साथ, कि उन्होंने पूरी तरह मुझे घेर लिया है। यहाँ तक कि अपनी पस्ती, अपनी थकान, अपनी चुप्पी, अपनी झुँझलाहट, अपनी बौखलाहट, अपनी खिलखिलाहट सब कुछ में मुझे उनकी छाया नज़र आने लगती है। मैं चौंक जाता हूँ—अपने ही भीतर फिंका जाता हूँ। सोच में पड़ जाता हूँ कि ऐसा तो वे किया करते थे, यह तो उनकी आदत थी, जिससे मैं बाद-बाद में बेहद चिढ़ जाता था। इस क़दर बचपना एक तरफ़...और इस क़दर बात-बेबात में अपना संतुलन खो बैठना।

और यह बड़कू मेरा मुझे ठीक वैसी ही हरकतें करता दिखाई दे रहा है, जैसी हरकतें मेरी हुआ करती थीं आज से तीस-चालीस साल पहले। उसके

चेहरे पर रह-रहकर उभर आती ऊब, और विरक्ति;...मेरी उपस्थिति में बिलकुल वैसी, बिलकुल वही है—जैसी मेरे चेहरे पर मेरे पिता ने देखी होगी या महसूस की होगी उन दिनों। तो क्या वे बदला ले रहे हैं मुझसे इस तरह, मेरी बेरुखी का? मेरे बड़े बेटे के भीतर पैठकर?

तुम्हें यह सब वाहियात लग रहा है ना? मुझे भी लग रहा है। पर मैं क्या करूँ? कोई सोच-समझ के तो नहीं निकाला मैंने यह निष्कर्ष। इसमें मेरी सोच-समझ का, मेरी कार्य-कारण संबंध बिठाने वाली तर्क-बुद्धि का कोई रोल नहीं है। और फिर भी यह अटल और अनिवार्य है। मेरी पहुँच, मेरी शक्ति-सामर्थ्य से बाहर। मैं इसका कुछ नहीं कर सकता। यह मेरा कर्मफल है, मेरी नियति है, जो मेरे अनजाने ही जाने कहाँ किस अतल में चुपचाप पक रही थी और अब मैं पूरी तरह उसकी गिरफ़्त में हूँ।

वैसे...बेटा, यह मेरी भाषा नहीं है। यह मेरे विचार नहीं हैं। मैंने कभी इस भाषा को नहीं सीखा। मुझे नफ़रत है इस भाषा से। मेरी बुद्धि इसे एक सिरे से नकारती है। एकदम वाहियात और अनर्गल है इस तरह सोचने-महसूसने का ढंग। मेरी शिक्षा-दीक्षा, मेरे सोच-विचार से इसका कोई संबंध नहीं। मैं जिससे बना हूँ—जो कुछ भी मेरा जिया-भोगा, सोचा-विचारा है अब तक का—उसका कहीं कोई तालमेल नहीं इस बात से।

और फिर भी यह बात—जो मेरी बात नहीं है बिलकुल—पता नहीं क्यों मेरे सिर पर चढ़के बोल रही है। ठीक वैसे ही, जैसे मेरे जीवन का यह सिरा उस दूसरे सिरे को छूता लग रहा है। यह कैसा दुश्चक्र है? क्या सचमुच मैं फिर वहीं पहुँचा जा रहा हूँ, जहाँ से शुरुआत की थी? जिस शुरुआत से मैं एकदम ही दूर छिटक गया था, उसे बिलकुल ही भूल-बिसार चुका था? क्या यह जीवन एक सीधी सड़क नहीं है? चक्राकार है, जिसने मुझे फिर वहीं वापस ला पटका है?

किसने रोका था मुझे ऋषिकेश जाने से और स्वामी शिवानंद का मुँहमाँगा सान्निध्य पाने से? निश्चय ही मेरे पिता ने। मैं तो उन्हीं को क़सूरवार ठहराऊँगा। आज भी। तब मेरी उम्र ही क्या थी? यही सत्रह बरस। सत्रह बरस का लड़का—शरीर से कमज़ोर और रोगी, घर की माली बदहाली और रात दिन की कलह से त्रस्त, मन से भी कमज़ोर अरक्षित असहाय अनुभव करने वाला—वह लड़का कैसे अपने अकेले के दम पर ऋषिकेश जाने का

निर्णय ले सकता था? आज यह जितना आसान लगता है, तब क्या इतना आसान था?

दरअसल पिताजी मना कर देंगे—यह बात तो उसे सूझी तक नहीं थी। एक महीने की ही तो बात थी। इससे तो अच्छा होता—वहीं फूफाजी के पास चला जाता फिर से, उन्हीं से पैसे माँग लेता—क्या वे मना करते? उनका कहा क्या पिताजी टाल सकते थे? नहीं टाल सकते थे। पर, उतनी नज़दीकी कहाँ थी उन लोगों से? उन पर ज़ोर ही क्या था मेरा? पहली बार ही तो उनके यहाँ जाना हुआ था और वह भी बीमार था, मुफ़्त में इलाज हो जाएगा इसलिए। बुआ तो थी नहीं—कब की स्वर्ग सिधार चुकी थी—उन्हें तो कभी देखा तक नहीं मैंने। उस तरह आने-जाने का भी संबंध कहाँ था दोनों परिवारों के बीच। ऐसे में किस मुँह से उनसे पैसे माँगता? पर कम से कम चिट्ठी तो दिखा सकता था उनको। आख़िर उन्हीं के कारण तो आश्रम से संपर्क हुआ था। क्या पता वे ख़ुश होकर, प्रभावित होकर पिता से मुझे वहाँ भेजने की सिफ़ारिश कर देते! ख़र्चा भी कौन ऐसा भारी था! पचास रुपए ही तो चाहिए थे। क्या कमी थी उन्हें! पर जाने क्यों, यह सीधा और सरल उपाय सूझा ही नहीं उस लड़के को! स्वाभिमान आड़े आ गया या पता नहीं क्या हुआ, यह रास्ता आजमाने की बात आई ही नहीं उसके मन में।

क्यों नहीं जाने दिया पिता ने मुझे हरिद्वार? क्या इस डर से, कि कहीं मैं वापस लौट के न आया तो? वहीं जोगी-बैरागियों की संगत में जोगी-बैरागी ही बन गया तो?

पता नहीं, जोग-बैराग के कौन से लक्षण मुझमें दीख गए उन्हें? चलो मान लो—दीख गए? मान लो ऐसे लक्षण मुझमें थे सचमुच। मुझे तो नहीं लगता। मुझे तो सिर्फ़ एक दुर्दम्य कुतूहल-भर था। लालच भी रहा होगा ही कि इस प्राकृतिक चिकित्सा से, योगाभ्यास से मेरा स्वास्थ्य एकदम सुधर जाएगा। उतने बड़े संत महात्मा योगी की कृपा हासिल हो जाएगी तो जीवन-भर काम आएगी। शुद्ध सांसारिक महत्त्वाकांक्षा ही तो थी वह एक लड़के की। एकदम सहज और स्वाभाविक। पर...मान लो, पिताजी को कुछ वैसा लगा, जो मुझे नहीं लगा था, तो भी...उन्हें क्या हक़ था मुझे वह बनने से रोकने का—जो उन्हें भय था कि मैं बन जाऊँगा। इतने बड़े योगी महात्मा का सत्संग सुलभ होना क्या कोई कम बड़ी बात थी? कौन जानता है अपनी नियति

को? अगर वही मेरी नियति थी तो मुझे उस नियति-निर्दिष्ट पथ पर जाने से रोककर उन्होंने मेरा क्या उपकार कर लिया? क्यों ले जाते थे मुझे अपने साथ कीर्तन-मंडलियों में, जहाँ उनकी इतनी पूछ थी? क्यों जोगी-बैरागियों की संगत का ऐसा चस्का मुझे डाला उन्होंने ख़ुद? मैंने तो उनसे कहा नहीं था—ख़ुद ही तो बड़े चाव से ले जाते थे और पुलकित भी होते थे, जब वे जोगी-बैरागी मुझसे गीता या भागवत का पाठ करने को कहते थे—मेरे शुद्ध उच्चारण से प्रभावित होकर। सबसे पहले मुझे 'हितोपदेश' लाके किसने दिया था? सबसे पहले मुझे गीता कंठस्थ करने को किसने कहा था? आख़िर क्या सोच के उन्होंने वैसे पारंपरिक संस्कार मुझमें डाले थे?

क्या उन्हें कभी पछतावा नहीं महसूस हुआ होगा अपने उस निर्णय पर, जो उन्होंने मुझ पर थोपा—मेरे रास्ते की बाधा बनकर? क्या बाद में भी कभी उन्हें इस घटना की स्मृति ने नहीं कचोटा होगा, जब मैं उनकी उस दुनिया से—जिसमें उन्होंने मुझे दीक्षित किया था सहज ही—बिलकुल कट गया। न केवल कट गया—बल्कि उससे खुल्लमखुल्ला विद्रोह ठान बैठा, उसका मखौल उड़ाने लगा उनके मुँह पर ही। ख़ुद अपनी उपेक्षा तो वे झेल भी ले जाते रहे हों; मगर उनके संस्कारों का वैसा तिरस्कार उन्होंने कैसे झेला होगा? तब क्या उन्हें अपने उस निर्णय पर अफ़सोस नहीं हुआ होगा?

और...कारण क्या दिया उन्होंने मना करने का? यही ना, कि 'अभी यह तुम्हारे साधु-संतों की सोहबत में जाने का वक़्त नहीं है। अभी तुमने देखा ही क्या है? अभी तुम्हारे पढ़ने-लिखने की, खेलने-कूदने की उमर है। पहले दुनिया को, ज़िंदगी को देखो, समझो। तब तुम्हें पता चलेगा, तुम वास्तव में क्या चाहते हो? कौन-सा रास्ता तुम्हारे लिए ठीक है। किसी के कहने से नहीं, ख़ुद अपने अनुभव से यह समझ आती है और उसमें वक़्त लगता है। हर चीज़ इस दुनिया में अपना समय पाकर ही शोभा देती है। कुदरत को देखो—कुछ भी असमय होता है? हर फूल, हर फल के फलने-फूलने का ख़ास अपना मौसम होता है कि नहीं? बेमौसम कुछ नहीं होता और जब होता भी है ज़बरदस्ती, तो उसमें वह बात नहीं होती, वह स्वाद नहीं होता, वह गुण भी नहीं होता, जो सहज स्वाभाविक ढंग से अपने समय पर पकने में होता है। इलाज तुम्हारा ठीक ही चल रहा है। तुम्हारे फूफा जी क्या कोई कम बड़े डॉक्टर हैं? इसके लिए हरिद्वार जाने की क्या तुक है? अब रही

महात्मा लोगों के सत्संग का लाभ उठाने की बात, तो, बेटा, वह तो तुम्हें घर बैठे मिलता रहा है। स्वामी जी का आशीर्वाद भी तुम्हें मिल ही गया समझो। जब आदेश होगा ऊपर से, तो तुम अपने आप जहाँ तुम्हें जाना है, भगवान् जहाँ तुम्हें खींचेंगे, वहाँ तुम जाओगे ही। तब तुम्हें कौन रोक सकेगा बेटा, कोई नहीं रोकेगा। तुम्हारी माँ से पूछा तुमने? इतनी लंबी बीमारी से उठी है अभी-अभी। तुम्हीं पर उसकी सारी उम्मीदें टिकी हैं। मैं तो कभी कोई सुख दे नहीं सका तुम लोगों को। जोगी-भगौतियों से वह वैसे ही खार खाए रहती है। वो समझेगी मैंने ही तुम्हें बिगाड़ा है। मैंने ही तुम्हें हरिद्वार का रास्ता सुझाया है। तुम ज़रा उससे पूछ के तो देखो, क्या कहती है?...'

मेरे हाथ-पाँव फूल गए। माँ पर क्या गुज़रेगी इसका तो अपने जुनून में मुझे—पता नहीं कैसे ध्यान ही नहीं आया था। वैसे भी, जोगी-भगौती बन जाऊँगा, वहीं आश्रम में रह जाऊँगा—लौट के नहीं आऊँगा, यह तो मैंने सपने में भी नहीं सोचा था। पर...पिताजी ने जिस तरह बात को रखा मेरा तो दिमाग़ ही सुन्न हो गया। माँ सचमुच इसी तरह सोचेगी। उससे पूछना ही फ़िज़ूल है। वह रोना-धोना शुरू कर देगी। यही आतंक मेरे भीतर बैठ गया और मेरी हिम्मत जवाब दे गई।

क्या यह पिताजी की एक और चाल नहीं थी? इस तरह माँ को बीच में लाकर मेरे उत्साह पर ठंडा पानी डाल देने की? उनकी ख़ुद ही अनिच्छा नहीं होती, ख़ुद उन्हीं के मन में चोर नहीं बैठा होता, मुझ पर संदेह करने और फ़िजूल के अपने डर को तूल देने की बजाय अगर वे निश्शंक मन से, ख़ुशी से मुझे जाने की इजाजत दे देते तो ऐसा क्या पहाड़ टूट जाता? क्या वे माँ को भी समझा-बुझाकर आश्वस्त नहीं कर सकते थे? महीने-भर की ही तो बात थीं। अगर वे मान जाते तो माँ क्यों नहीं मानती?

पर यहीं मेरे मन को एक और संदेह का कीड़ा कुतरने लगता है। पिताजी को हिम्मत नहीं थी माँ से कुछ कहने की। वे कुछ कमाते-धमाते तो थे नहीं। इसी भजन-कीर्तन और सत्संग के पीछे तो उनका व्यवसाय चौपट हो गया था। वे किस मुँह से माँ को भरोसा दिलाते कि मेरी ज़िद के पीछे उनका कोई हाथ नहीं है; कि मैं किसी जोगी-भगौती के पास नहीं जा रहा हूँ। अपना इलाज करवाने, अपना स्वास्थ्य सुधारने जा रहा हूँ और ख़ुद अपनी मरज़ी से, ख़ुद ही सारी जुगत भिड़ाके जा रहा हूँ और इसमें चिंता की कोई बात नहीं है; उल्टे ख़ुशी मनाने की बात है।

पर, वे नहीं कह सकते थे माँ से। घर की बदहाली के लिए वे ख़ुद ज़िम्मेदार हैं, यह अपराध-बोध उनमें जड़ पकड़ चुका था तब तक। उन्हें ख़ुद पर ही भरोसा नहीं रह गया था। उनका आत्मविश्वास बुरी तरह तड़क चुका था। किसी से कुछ भी कहने का अधिकार वे खो चुके हैं, इसका अहसास भी उन्हें हो गया था और तब तक इतनी देर हो चुकी थी कि इस अहसास का भी कोई अर्थ नहीं रह गया था।

पर, उस लड़के को तब यह इतना साफ़-साफ़ कहाँ दीखता था? धुँधला-धुँधला ही दीखता था। वह अपने पिता को इतना असहाय, इतना कमज़ोर नहीं समझता था। जो देखता था, उस पर भी यक़ीन नहीं कर सकता था। अभी उसके बचपन का हीरो 'ऐण्टी हीरो' नहीं बना था उसके लिए। प्रक्रिया शुरू हो गई होगी शायद। पर, मोहभंग जिसे कहते हैं, सचमुच, उसकी नौबत आने में अभी देर थी।

मुझे माफ़ कर दो। जैसे मैंने तुम्हें माफ़ किया, वैसे ही।

सात

सच बोलते हुए भी कभी-कभी अपनी ही सच्चाई पर शक क्यों होने लगता होगा? पैंतालीस बरस पहले आपके साथ क्या-क्या घटित हुआ, उसे यथावत् देख पाना और यथावत् बता पाना संभव है क्या? मैं तब क्या जानता था? कितना जानता था? क्या सचमुच मुझे अनीमिया के डर से स्वामी शिवानंद की शरण में जाने की प्रेरणा हुई थी? या कि वह महज़ एक बहाना था। इतना तो मैं कह सकता हूँ कि बचपन के दिनों से ही तरह-तरह की बीमारियाँ ही नहीं, बीमारियों के शक भी मेरे पीछे पड़े रहे हैं। क्या यह भी सच नहीं कि मेरी कल्पना हर बीमारी के लक्षण खुद में पैदा कर लिया करती थी। इसलिए, कि मैं क्या घर, क्या बाहर, क्या स्कूल, क्या खेल का मैदान, क्या मुहल्ले के संगी-साथियों के बीच, हर जगह अपने को घुसपैठिया यानी मिसफिट महसूस करने लगता था। कभी भी, अचानक ही। सिवाय किताबों की दुनिया के, मैं कहीं भी सहज और सुरक्षित अनुभव नहीं कर पाता था।

ऐसा भी नहीं, कि मैं घरघुसरा था, और मुहल्ले के तमाम लड़कों की तरह, खेल-कूद में बिलकुल हिस्सा नहीं लेता था। या कि मुझमें उस तरह की हीनता-ग्रंथि थी। नहीं, ऊपर से देखने पर मेरे तौर-तरीक़ों से कोई भी मुझमें किसी तरह की गड़बड़ी नहीं देख सकता था। तो भी, पता नहीं क्या बात थी कि मेरा मन ज़्यादा देर किसी चीज़ में नहीं रमता था–जल्द ही मन उचट जाता था। सब कुछ बेतुका और भद्दा और बेगाना लगने लगता था। पढ़ाई कर लेता था, ठीक-ठाक नंबर भी ले आता था, एकाध खेल जैसे हाकी भी अच्छी खेल लेता था। पर जिसे सचमुच का शौक या लगाव कहा जा सके, वैसा किसी चीज़ के साथ महसूस नहीं होता था। पिताजी मुझे

संगीत सिखाना चाहते थे। शुरू-शुरू में मुझे अच्छा भी लगता था। पर जल्द ही मुझे उससे चिढ़ हो गई थी। संगीत के पीछे जिस तरह उन्हें पागल की तरह पड़ा देखा, शायद उसी कारण मेरा लगाव ही नफ़रत में बदल गया था। शायद तभी से गाना-बजाना मेरे लिए आवारागर्दी, लापरवाही और घोर ग़ैर-ज़िम्मेदारी का प्रतीक बन गया।

बीमार पड़ने में मुझे एक अजीब तरह का सुख—कहना चाहिए, शांति-सी मिलती थी। क्या इसलिए, कि बीमार पड़के मैं सबकी चिंता का विषय बन जाता था? पर इससे भी कहीं गहरा कारण यह रहा होगा कि बीमारी मुझे स्कूल से, मुहल्ले के लड़कों से, उस दुनिया से ही एक तरह की छुट्टी दिला देती थी, जो मुझे अजनबी और उबाऊ लगती थी—डरावनी भी कभी-कभी। मेरे लिए वह पलायन का एक नायाब नुस्ख़ा था। बेशक, यह मुझे आज समझ में आ रहा है। तब कैसे आता? यह पश्चात्‌बुद्धि है, जो मुझसे यह कहलवा रही है। बीमार पड़ना उन दूसरों से मुक्ति पा लेना था, जो सब जगह होते थे। उसमें पूरी तरह सिर्फ़ अपने साथ होने का सुख था। बड़ा दुर्लभ सुख मेरे लिए।

ऐसी हालत में स्वामी शिवानंद की जीवनी और उनके आश्रम के बारे में पढ़ के मुझे ऐसा अनुभव हुआ जैसे मेरी असली दुनिया जो अभी तक मेरे लिए अलभ्य, अदृश्य थी—वह मेरी पहुँच के भीतर है। अनीमिया झूठ तो नहीं था। पर क्या पता, वह भी मेरे अचेतन दिमाग़ द्वारा ही उपजाया गया एक बहाना रहा हो, उस दुनिया से निकल आने का, जहाँ मैं ख़ुद को घुसपैठिया जैसा महसूस करता था। ख़ुद जोगी-भगौतियों से रात-दिन घिरे रहने वाले मेरे पिता भला क्यों मुझे मना करेंगे एक ऐसे सिद्ध पुरुष के पास जाने से, जो, वे भी जानते ही होंगे—उनके गँजेड़ी जोगियों से बहुत अलग हैं। इतने विद्वान्‌ और संतपुरुष। मेरे मन में कहीं यह बात भी पृष्ठभूमि में ज़रूर रही होगी कि जब एक महीने की छुट्टी मिल ही गई तो फिर ज़्यादा भी मिल ही जाएगी। क्या करना है, इंटर, बीए करके? असली शिक्षा-दीक्षा तो वहीं होनी है—योग-वेदांत फ़ॉरेस्ट रिसर्च यूनिवर्सिटी में। इन फ़ालतू के स्कूल-कॉलेजों में क्या धरा है! औरों की तरह रट्टू-तोता नहीं बनना है मुझे। नहीं पढ़ना है यह सब, जो हर कोई पढ़ता है। फ़ालतू। क्यों न मैं वहीं रहूँ उस महान्‌ सिद्ध पुरुष की छत्रछाया में। इस क़स्बे में क्या रखा है!

इसलिए, मेरे अचरज और संताप की कोई सीमा नहीं रही, जब सारी उम्मीदों के विपरीत, पिताजी ने मुझे साफ़ मना कर दिया। यूँ तो शिवानंद जी की अपने हाथ से लिखी चिट्ठी देखके, पढ़के फूले नहीं समा रहे थे। हर किसी को दिखाते फिर रहे थे। तब फिर रातों-रात किसने उनकी मति फेर दी? मेरे दो भाई और थे, एक बहन भी। कोई इकलौता तो मैं था नहीं, जिसके बिछोह में वे बिसूरते रहें। सारी परिस्थिति मेरे हिसाब से अनुकूल थी। कोई बाधा नहीं थी। तब फिर क्यों उन्होंने मेरे उत्साह, मेरी उमंग, मेरी आशा, मेरे विश्वास को क्षणभर में कुचल के रख दिया?

तुम कहोगे—अपनी कमज़ोरी और डरपोकपन का ठीकरा दादाजी के माथे पर क्यों फोड़ रहे हो? मैं तुम्हें जानता हूँ—तुम्हारी किस बात पर क्या प्रतिक्रिया होगी—मैं पहले ही भाँप जाता हूँ। हर बात पर बहस करना तुम्हारी आदत है। मैं साफ़ देख रहा हूँ, तुम्हारे दिमाग़ में क्या चल रहा है। मुझे साफ़ सुनाई दे रहा है, जो-जो भी तुम कह रहे हो मुझसे।

[दादाजी ने तुमसे यह तो कहा नहीं कि यह ग़लत रास्ता है, इसमें मत फँसो। इतना ही तो कहा था उन्होंने, जो ठीक भी था कि अरे तुम अभी छोटे हो, थोड़ा बड़े हो जाओ, दुनिया को देख-समझ लो। पढ़-लिख लो और जिस काम में तुम्हारा मन लगे, उस काम में लगा के देख लो। फिर भी तुम्हें असंतोष ही हो तब बेशक हरिद्वार चले जाना। तुम्हें कौन रोक सकता है? क्या ग़लत कहा उन्होंने? कोई भी पिता अपने सत्रह बरस के पुत्र से इसके अलावा और क्या कहेगा? अगर तुम्हें इतना ही शौक चढ़ा था तो घर से भाग जाते—महीना-भर ही तो बिताना था तुम्हें वहाँ। तुम बड़ी आसानी से दादाजी को कन्विंस कर सकते थे कि मैं कोई संन्यास लेने थोड़ी जा रहा हूँ : मैं तो सिर्फ़ अपना स्वास्थ्य सुधारने और इतने बड़े आदमी के सत्संग का कुछ लाभ उठाने जा रहा हूँ। वापस तो तुम्हें लौटना ही था। आख़िर दादाजी को भी गुज़रे इतने बरस हो गए! कितने? बीस-पच्चीस बरस तो हो ही गए होंगे ना?—मैंने तो उन्हें देखा तक नहीं, सिर्फ़ दादी को देखा है। तो, इतने बरसों में कभी तुममें वैराग्य लेने का मूड उपजा क्या? नहीं उपजा ना? उपजा होता तो कभी हम लोगों को भी तो पता चलता? वैसे भी हमने तो पापा, इतने बरसों में कभी एक भी लक्षण तुममें बैराग का नहीं देखा। क्या इसी से साबित नहीं हो जाता कि तुम्हारी उस वक़्त भी

हरिद्वार जाने की इच्छा बस यूँ ही थी।]

पता नहीं तुम ऐसा कहोगे कि नहीं। पर यह मेरी आदत है कि मैं अपने ऊपर लगाए जा सकने वाले सारे संभाव्य आरोपों और अभियोगों को पहले ही भाँप लेता हूँ। तुम ऐसा कहोगे ही—यह बात महत्त्व की नहीं है। कोई भी जो मेरा यह लिखा हुआ पढ़ेगा—वह भी मेरे बारे में ऐसा सोच सकता है कि यह मैं कह रहा हूँ। यही मान लो ना, कि कोई और नहीं, मेरा ही एक 'मैं' मेरे ही एक दूसरे 'मैं' पर यह आरोप लगा रहा है। तुमको संबोधित करते हुए क्या मैं कहीं अपने को भी संबोधित नहीं कर रहा हूँ? तुमसे रू-ब-रू तो हूँ ही नहीं मैं। क्या पता, यह जो चिट्ठी मैं तुम्हें लिख रहा हूँ, बस लिखने के लिए लिख रहा हूँ, खुद अपने को ही पढ़ने के अलावा कोई प्रयोजन इसका है ही नहीं। तुम्हें भेजना, तुम्हें पढ़वाना भी नहीं। हो सकता है कभी लेटर-बॉक्स का मुँह भी न देखे ये चिट्ठी। तुम समझे? कुछ बातें होती हैं जो और किसी तरह से कही नहीं जा सकतीं। बस इसी तरह कहने में आती हैं। और उन्हें कहना ज़रूरी है। नहीं तो, आदमी अपने भीतर ही भीतर घुट-घुट के मर जाए। यूँ भी, क्या तुम नहीं मानते कि हम चाहे लिखें न लिखें—अपने चाहे-अनचाहे, जाने-अनजाने भी हम मन ही मन कितनी सारी बातें लगातार बकते रहते हैं, किन-किन से उलझते-निपटते रहते हैं! कितनी कैसी-कैसी हिंस्र भावनाएँ हमारे भीतर दिन-रात उफनती रहती हैं; लावे की तरह उफनती रहती हैं कि नहीं? क्या हम दुनिया से और अपने आपसे भी झगड़ते नहीं रहते दिन-रात? क्या हम इस तरह बदला नहीं लेते रहते दुनिया से अपनी उपेक्षा और अनदेखी का? तब जो, हमारे भीतर वैसे भी उबलता रहता है, उसे काग़ज़ पर निकाल फेंकने में क्या बुराई है? और हमें क्यों नहीं निकाल फेंकना चाहिए इस कचरे को? कागज़ पर निकाल के ही तो हम साफ़-साफ़ देख और सुन पाते हैं—अपने विचारों को, भावों को। क्या यह भी एक तरह का जुलाब ही नहीं है—अपनी आँतों की तरह अपने दिल-दिमाग़ की भी सफ़ाई करते रहने के लिए?

आठ

सुनो, तुम्हें एक बात बताना तो मैं भूल ही गया। तुम्हारे फूफाजी, जो वहीं हरिद्वार में रहते हैं और धर्म-कर्म आदि में ख़ासी दिलचस्पी भी रखते हैं, उन्हें जब मैंने वह घटना बताई—ग्यारहवीं में पढ़ने वाले लड़के के स्वामी शिवानंद को पत्र लिखने और उनसे स्वयं उन्हीं की लिखावट में आश्रम आने का निमंत्रण पाने की—तो उनकी मुखमुद्रा से मुझे फ़ौरन पता चल गया कि उन्हें मेरी बात पर विश्वास नहीं हो रहा है। ऐसे मुस्करा रहे थे वे, मानो मैं गप्प मार रहा हूँ; मानो अभी-अभी मैंने वह क़िस्सा गढ़ मारा है उन्हें प्रभावित करने के लिए। मुँह से तो कुछ नहीं कहा बेशक, पर उनका चेहरा सब कुछ कहे दे रहा था। हम गढ़वालियों को अपने मन के भाव छुपाने की कला बिलकुल नहीं आती। हम लोगों का चेहरा सचमुच ही हमारी पोल खोल देता है : उसमें हमारे भीतर मन ही मन क्या-क्या चल रहा है, यह साफ़ उभरके आ जाता है। यह अच्छी बात नहीं है। इसे सरलता या सीधापन मानके ख़ुश होने की कोई ज़रूरत नहीं है। सच पूछो तो सीधे लोग ही इस दुनिया में सबसे ज़्यादा अड़ियल और ज़िद्दी और अहंकारी हुआ करते हैं। बारीकियाँ समझते नहीं, न उन्हें समझने की ज़रूरत महसूस करते हैं। ज़िंदगी सीधी कहीं से नहीं है, दुनिया भी सीधी नहीं है। अब रहा आदमी, तो आदमी से ज़्यादा टेढ़ा-मेढ़ा, जटिल और रहस्यमय तो ख़ुद ईश्वर भी न होगा। कई नमूने मैंने देखे हैं—जिन्हें अपने सीधे-साफ़ होने का बेहद ग़ुरूर होता है। मैंने देखा है, वे दरअसल मूर्ख ही होते हैं। मूर्ख और अहंकारी। मैं यह नहीं कह रहा हूँ कि तुम्हारे फूफा ऐसे हैं। मैं तो सिर्फ़ तुम्हें यह बता रहा हूँ कि दुनिया ऐसे नहीं चलती। एक ही चेहरा हर जगह नहीं चलता। इसलिए,

कि यहाँ कोई भी 'एक' नहीं है। ज़रा-सा भी झाँको अपने भीतर, निरीक्षण करो अपनी हरकतों का, बातों का, क्रियाओं का, तो पता चलेगा आप एक नहीं, अनेक हैं। बल्कि जो आदमी जितना ही जीवंत, जितना ही बुद्धिमान्, जितना ही भीतर से समृद्ध होगा, अनुभवी होगा, वह उतना ही अनेक होगा। इसीलिए वह तरह-तरह के इंसानी नमूनों को—चरित्रों को भी सही-सही समझ सकेगा। आसानी से प्रभावित या विचलित भी नहीं होगा उनसे।

लड़कपन में मुझे स्वाँग का बड़ा शौक़ था। होली के दिनों में मुहल्ले के बड़े-बूढ़ों की, जाने-माने कैरेक्टरों की ख़ूब नक़ल उड़ाता था मैं। मुखौटे भी बनाते थे हम तरह-तरह के। कितनी अजीब बात है—हम लोग उनकी नक़ल उड़ाते थे मुँह सामने—जिनसे सब कोई डरते थे। मगर हमारी इन हरकतों का कोई बुरा नहीं मानता था। एक से एक बदमिज़ाज और नकचढ़े लोगों को मैंने अपने स्वाँग पर हँसते-हँसते लोटपोट हो जाते देखा है। 'अरे लड़का किसका है?' कहकर मेरी तारीफ़ होती थी। इसलिए, कि अपनी जवानी में मेरे पिता भी, सुना, इसी के लिए मशहूर थे। स्वाँग और थिएटर के लिए। अफ़सोस, कि मेरा यह शौक़ मुश्किल से दो बरस तक ही चल पाया। जल्दी ही सीरियस और सयाना बन गया मैं। पिताजी और मुझमें शायद यही फ़र्क़ था। उनमें जो नाटकीय थिएट्रिकल तत्त्व था, वह उनसे कभी भी पूरी तरह छूटा नहीं। वे मुखौटे बनाने में भी, सुना, बहुत उस्ताद थे। यह जो 'मुखौटा' शब्द है, इसे कुछ बेवकूफ़ों ने झूठ, पाखंड और बेईमानी से जोड़ दिया है, ख़ामख़ाह। पर ऐसा क़त्तई नहीं; मुखौटों के बिना जीना तो मुश्किल है ही; कुछ सार्थक बनाना-रचना उससे भी ज़्यादा मुश्किल है। अब इसी को देख लो—अपनी बेचैनी को बहाने का, सच्चाई को सामने लाने का कोई और तरीक़ा नहीं ढूँढ़ सकता था मैं? कोई ज़ोरदार और मज़ेदार मुखौटा नहीं पहन सकता था? वह जहमत उठाने के बदले मैं सीधे तुम्हें चिट्ठी लिखने बैठ गया। चलो मान लिया कि यह भी मुखौटा ही हुआ। मगर कमज़ोर और बहुत झीना मुखौटा, जिसके पीछे मुझे भय है—मेरा बदसूरत और दाग़ों से भरा चेहरा पूरी तरह ओट नहीं हो पाएगा। यह नतीज़ा होता है जल्दबाज़ी का, उतावली का। ख़ैर, अब तो जो हो गया, सो हो गया। अब तो इसी काग़ज़ी मुखौटे से काम चलाना पड़ेगा मुझे।

हाँ, तो...मैं तुम्हें बता रहा था कि मुखौटे ज़रूरी हैं। वे हमारा कवच

हैं। जैसे कछुए की पीठ होती है ना—एक मज़बूत ढाल, जो उसके नाज़ुक मर्मस्थलों की रक्षा करती है बख़ूबी—ठीक वैसे ही। वो अंग्रेज़ी मुहावरा तुमने सुना ही होगा—'वियरिंग वन्स हार्ट ऑन वन्स स्लीव्ज़।' दुनिया में कहीं भी यह अच्छा नहीं समझा जाता—अपनी भावनाओं का खुला प्रदर्शन। हर वक़्त अपने दिल को अपनी आस्तीन पर टाँगे रहना—निहायत बेवक़ूफ़ी है—निरी भावुकता। तुम्हारे फूफाजी भावुक-वावुक नहीं हैं, बहुत व्यावहारिक और बड़े ठंडे दिमाग़ से काम लेने वाले आदमी हैं। तभी तो उनकी चुप्पी और अविश्वास भरी मुस्कान से मैं हतप्रभ रह गया। एक क्षण को तो मुझे ख़ुद अपने ऊपर शंका हो गई कि क्या सचमुच मेरे और स्वामी शिवानंद के बीच चिट्ठी-पत्री चली थी? कहीं यह मेरे मन की फैंटेसी ही तो नहीं? बस, सिर्फ़ एक क्षण के लिए मुझे ऐसा शक उपजा, क्योंकि अर्धशती बीत गई उस घटना को। कहीं कोई चूक भी तो हो ही सकती है। जैसा कि तुमने भी मुझ पर इलजाम लगाया ही था ना, कि अगर मेरी शिवानंदजी के पास जाने की उत्कंठा सचमुच ही इतनी तीव्र थी तो मुझे कौन जाने से रोक सकता था? तो...कहीं ऐसा तो नहीं कि अपने मनोरथों पर से ही मैंने वह 'मेक-बिलीफ़' गढ़ लिया हो? मन ही मन चिट्ठी लिखी हो और मन ही मन में उसका जवाब भी पा लिया हो।

नहीं भइया; वह चिट्ठी मेरे पास अभी तक सुरक्षित पड़ी होगी। कभी भी देख सकते हो। गप्पबाज़ी का सवाल ही नहीं। अपनी याददाश्त पर शक हो सकता है, क्योंकि मैं ख़याली पुलाव बहुत पकाता रहा हूँ। पर यह ख़याल नहीं, घटना है सचमुच की। जिसका प्रमाण मेरे पास है। तुम्हारे आरोप में कोई दम नहीं। मेरी कामना उत्कट तो थी ही।

अब रहा तुम्हारा दूसरा आरोप—कि मुझमें हिम्मत का अभाव है। वह ठीक है। उसे मैं क़बूल करता हूँ। पर यह मामला सच पूछो तो—हिम्मत का नहीं है। सही वक़्त पर सही फ़ैसला न कर पाने का मामला है—जिसका ताल्लुक़ मेरे दिल या नर्वस सिस्टम से नहीं, मेरे दिमाग़ से है। हैमलेट नाटक दिखाने ले गया था तुम्हें एक बार। याद है? उसमें हैमलेट जो कहता है ना एक जगह, कि 'कांशेंस मेक्स ए कावर्ड ऑव अस ऑल'—वो है असली बात। यह हैमलेट वाला रोग कइयों को होता है, तुम्हारे पिता को भी है—यही लगातार दुविधा में, उलझन में पड़े रहने की, साफ़ एक निश्चय पर न पहुँच

पाने की बीमारी। दरअसल बुद्धिमान् होने की सज़ा है यह। यह रोग मीडियॉकरों को नहीं व्यापता। मैं जानता हूँ अब तुम क्या कहोगे। यही ना, कि 'बकवास बंद करो। खुद को हैमलेट मत बताओ, तुममें वैसा कुछ हमने नहीं देखा'। और, हैमलेट बनने में भी कुछ तो समय लगता होगा। लड़कपन से ही कोई हैमलेट बन जाता है क्या? मुश्किल से सत्रह बरस के रहे होंगे तुम, जब तुमने आई.आई.टी. में घुसने का फ़ैसला किया और वह फ़ैसला तुम्हारा इतना पक्का, इतना तगड़ा था कि उसी के ज़ोर से तुमने एक ही धक्के में आई.आई.टी. कानपुर का फाटक खोल डाला और अपना मनचाहा पा भी लिया। तुम्हारे मन में कोई दुविधा नहीं थी अपने केरियर को लेकर। यही ना? ठीक है, मैं मानता हूँ और यह भी ठीक ही है कि ज़माना ऐसे ही तेज़-तर्रार लड़कों का है। पर, मैं भी तुमसे कुछ कम तेज़ तो नहीं था। मैं भी तो पहले दाँव में ही रुड़की में चुन लिया गया था।

ख़ैर, मैं तुमसे यही कहना चाहता हूँ कि मुझमें इच्छाशक्ति की कोई कमी नहीं थी। बड़ी उत्कट कामना थी मेरी—इसमें शक नहीं है। यह भी है कि अनीमिया के बारे में पढ़-पढ़के मैं घबरा गया था और असली टिकाऊ इलाज दवाइयों से नहीं, शिवानंद महाराज के योग से ही होगा, यह भी मन में पक्का बैठ गया था। 'कल्याण' पढ़ते-पढ़ते मुझे योगियों-साधु-संतों के चमत्कारों पर भी पक्का भरोसा हो गया था। ज़ाहिर है, कुछ संस्कार-बीज भी रहे होंगे ही मुझमें पूर्वजन्मों के। कुछ पैतृक कीटाणु भी होंगे ही। आख़िर मेरे इतने संगी-साथी थे मुहल्ले में भी, स्कूलों में भी। एक भी तो उनमें ऐसा नहीं मिला मुझे, जिसे इन बातों में—संतों की जीवनियों में, पुराण-हितोपदेश में, योग और भक्ति वग़ैरह की बातों में ऐसी दिलचस्पी रही हो, जैसी मुझे उस कच्ची उम्र में थी। तो, बहुत संभव है, मेरे मन में स्वास्थ्य-लाभ के अलावा कहीं यह कुतूहल भी रहा हो। कुछ चमत्कार होगा इतने बड़े संत-महात्मा के आश्रम में रहने से—यह आशा भी रही हो। यह तो मैं तुम्हें बता ही चुका हूँ कि और सब मामलों में दूसरे लड़कों की ही तरह होते हुए भी उनमें और मुझमें एक बुनियादी फ़र्क़ तो था ही, कि अक़्सर एक अकारण उदासी, एक निपट ख़ालीपन अनायास ही मुझ पर छा जाता था। शायद मैंने तुम्हें यह नहीं बताया कि रोग, शोक और मृत्यु को लेकर मेरे मन में बचपन के दिनों से ही बहुत व्याकुल कर देनेवाले सवाल उठते रहते थे। घर में ही एक के

बाद एक कई मृत्युएँ मैंने देखी थीं। उनका भी कुछ न कुछ असर रहा ही होगा। उस उम्र में भी दुनिया मुझे बहुत त्रासद लगती थी। एक सत्रह बरस के लड़के के बारे में अमूमन कोई नहीं सोचेगा कि वह रोग और मृत्यु से, जीवन की निस्सारता से त्रस्त रहता होगा। पर मेरे बारे में तो यही सच है। तो, जीवन की इस पहेली का कुछ हल पाने की उम्मीद भी मेरे मन में रही ही होगी स्वामी जी से।

लेकिन...तब इसका मतलब यही न हुआ कि मुझे लेकर पिताजी का भय निराधार तो नहीं था। उस तरह की प्रवृत्ति, उस तरह के लक्षण उन्हें मुझमें दिखते होंगे ज़रूर। पहले मैं स्वाँग-वाँग में इतना रस लेता था, अब क्यों नहीं लेता, क्यों अकेले चुपचाप बैठा रहता हूँ—क्यों उनके साथ पहले की तरह संगीत-वंगीत की बैठक में जाना भी बंद कर दिया है—यह भी तो उनके ध्यान में आया ही होगा। भला कौन बाप अपने जेठे-पाठे लड़के को इतनी कच्ची उम्र में बैरागी बनते देखना पसंद करेगा! क्या मैं उनसे यह अपेक्षा कर रहा था कि वे खुद ही मुझे आश्रम पहुँचा आएँगे—मेरी पीठ ठोंकेंगे और कहेंगे—'वाह बेटा वाह। मुझे गर्व है तुम पर, कि तुममें ऐसी बुद्धि जागी। जो मैं करना चाहता था और नहीं कर सका, वह तुम कर गुज़रे। धन्य है तुम्हें। तेरी माँ ज़रूर रोएगी, तुझे जाने नहीं देगी। मगर मैं तुझे नहीं रोकूँगा। ऐसा गुरु बड़े भाग्य से मिलता है। जाने किन जन्मों के पुण्य होंगे तेरे। हम तुझे रोकने वाले कौन होते हैं! जा बेटा, जा। माता-पिता तो जन्म देने के निमित्त भर होते हैं। असली नाता तो गुरु का ही है, जो साक्षात् परमात्मा का रूप होता है।'

भगवान् जाने, पिताजी के मन में क्या था। मैं तो इतना ही जानता हूँ कि मुझे उन्होंने साफ़ मना कर दिया। यह कहते हुए—कि, 'अभी तुम बच्चे हो; इन चीज़ों में पड़ने की तुम्हारी उम्र नहीं है। अरे, 'संत हृदय नवनीत समाना', कहा गया है कि नहीं? स्वामीजी ने कृपा करके तुम्हारी चिट्ठी का उत्तर दे दिया, इस पर से तुम जो यह समझ बैठे हो कि तुम पर उनका कोई विशेष अनुग्रह है या कि तुम्हें उन्होंने अपना शिष्य चुन लिया है, यह तुम्हारा भ्रम है। इस भ्रम में मत रहो। इलाज तुम्हारा बहनोई साहब कर ही रहे हैं। तुम्हें फ़ायदा भी हुआ ही है। उसके लिए हरिद्वार जाने की क्या ज़रूरत है?'...

नौ

पैंतालीस बरस कम नहीं होते, पैंतालीस वर्ष पूर्व घटी हुई घटनाओं को उस समय की जो तुम्हारी चेतना थी, जैसी मानसिकता थी, उसके साथ उसी रूप में बयान करना कोई आसान काम है क्या? इतने अरसे तक जो चीज़ भीतर इतने गहरे गड़ी रही हो, उसे जस का तस खोद निकालना कोई खेल है? माना, कोयला और हीरा दोनों कार्बन ही हैं। मगर कोयले का हीरे में बदल जाना क्या यूँ ही हो जाता है? तिस पर हीरा भी तराशे जाने की माँग करता है, तभी वह दमकता है। मैं कोई हीरा आदमी न सही, अपनी नज़रों में तो मैं कोयला ही सही, काठ ही सही, पर आदमजात तो हूँ ही ना! तुमने ठीक ही जड़ा था मुझ पर, कि 'अगर पैंतालीस बरस पहले के उस सत्रह साल के छोकरे की वह इच्छा, वह वैराग्य भावना इतनी ही तीखी और सच्ची थी तो वह इतने बरस सोई क्यों रही, गुप्तगंगा क्यों बनी रही? तब तुम्हारे पिताजी ने तुम्हें रोका था, तो–जैसा ख़ुद उन्हीं ने तुमसे कहा कि चीज़ें अपने सही समय पर ही परिपक्व होती हैं–तुम्हारी श्रद्धा या लगन सच्ची होगी तो एक न एक दिन ज़रूर रंग लाएगी, तब तुम्हें कोई नहीं रोक सकेगा।' तो आख़िर क्यों नहीं आया वो समय? इतने बरसों में कभी एक बार भी तुम्हारी वह दबी-कुचली आकांक्षा–संसार से विरक्त होकर सत्य की खोज करने की आकांक्षा–क्या फिर से उभरकर आई? इतने बरस तक तुम एक औसत दुनियादार की तरह अपनी नौकरी, अपनी गिरस्ती, अपने बाल-बच्चों की फ़िक्र में ही उलझे रहे कि नहीं? क्यों उलझे रहे? हम दोनों भाई आख़िर तुम्हारी छत्रछाया में ही तो बड़े हुए। हमें तो याद नहीं कि तुमने कभी हम लोगों से धर्म-अध्यात्म की बातें की हों। यहाँ तक कि, तुमने पहले कभी

इस घटना का—जिसको तुम आज इस तरह तूल दे रहे हो—जैसे कि वह तुम्हारे जीवन की सबसे ज़ोरदार घटना रही हो—कभी भी तुमने हम लोगों से इसका ज़िक्र तक नहीं किया। ज़ाहिर है तुम उसे कब के बिसार चुके थे—तुम्हें कभी उसकी याद नहीं आई थी। दुनिया में जैसे और सारे पिता होते हैं—अपनी गिरस्ती में मगन, अपने बच्चों के भविष्य के लिए फ़िकरमंद, उन्हें दुनियावी कामयाबी के लिए तैयार करने में लगे हुए—वैसे ही एक औसत क़िस्म के पिता तुम भी थे। थे कि नहीं, बताओ। कहाँ चली गई थी तुम्हारी वह वैराग्य-भावना? आज तुम जबसे शिवानंद-शिवानंद रटे जा रहे हो; मगर पहले तो कभी तुम्हारे मुख से यह नाम नहीं सुना गया। क्यों आख़िर क्यों?

तुम्हारे इस सवाल का जवाब मैं नहीं दे सकता। नहीं, दे सकता तो क्यों नहीं!—ज़रूर दे सकता हूँ। पर अभी तुरंत नहीं दूँगा। बाद में फिर कभी दूँगा जब वक़्त आएगा उसका। अभी तुरंत तुमसे बहस करना फ़िजूल होगा। तुम समझोगे नहीं। पर...तुमसे कम से कम बहस तो की जा सकती है; बात तो की जा सकती है। तुम अपने बड़े भाई की तरह इकतर्फ़ा डिग्री ठोक देने वाले तो नहीं हो। ठीक है, बहस मुझे उतनी पसंद नहीं है। ख़ासकर, बच्चों का अपने पिता से बहुत तर्क-वितर्क करना मुझे अच्छा तो नहीं ही लगता। तो भी, हमारे बीच संवाद का पुल तो है। यह कितनी विचित्र बात है कि एक ही माँ-बाप के दो बच्चों के बीच इतना फ़र्क़ स्वभाव का, ज़ुबान का कैसे उपज आता है? वंशानुक्रम जिसे कहते हैं, वह तो एक-सा हुआ, वातावरण या परिवेश जिसे कहते हैं, वह भी एक जैसा ही हुआ। तब फिर दोनों के बीच इतना फ़र्क़ कैसे पड़ जाता है? बस यहीं पर तो जन्मांतर की, प्राक्तन संस्कारों की बात पर सचमुच गंभीरता से विचार करने को बाध्य होना पड़ता है।

मैं तो—जैसा तुम जानते ही हो—कभी भी इन बातों पर भरोसा नहीं करता था। उल्टे, हमेशा मखौल ही उड़ाता रहा उनका। तुम्हारी माँ, अलबत्ता, यह सब मानती है, ज्योतिषियों की भी सलाह लेती रहती है। उसी के कारण घर में पूजा-पाठ का चक्कर भी कभी-कभार चल ही जाता है। घर में देवताथान भी उसी ने बना रखा है, जिसकी तरफ़, तुमने देखा ही होगा—मैं कभी झाँकता तक नहीं। उसका मन रखने को, जो वह चाहती है ला देता हूँ, जो भी कहती है, कर देता हूँ। एक घर में साथ रहना है तो हर बात में तक़रार

करके कैसे चलेगा? कुछ तो समझौता करना पड़ेगा। बड़े-बड़े नास्तिकों और कम्युनिस्टों को देखा है मैंने। बाहर उनका एक चेहरा है, घर में एकदम दूसरा। दोनों को बारी-बारी से या एक साथ चलने देने में उन्हें कोई दिक़्क़त नहीं। उन सभी को एक अदद पतिपरायणा और परंपरा-पालक पत्नी मिली ही होती है, जो अक्सर गाँव में ही रहती है। शहर में उन्हें अपना मनचाहा जीवन जीने को छुट्टा छोड़कर। मोहन बाबू को तो जानते ही हो। वह जो नमिता आंटी तुम्हें इतनी पसंद हैं, जिसके हाथ के बने पुओं का तुम बखान करते नहीं थकते—पता है वो कौन है? बीवी है बेशक उनकी, मगर नंबर दो। नंबर एक असल बीवी उनकी यहाँ से तीन सौ किलोमीटर दूर गाँव में उनकी ज़मींदारी सम्हाल रही है और उनके छह-छह वारिसों को भी। पूरे छह, जिनमें से चार तो तुम्हारी नमिता आंटी से शादी रचाने के बाद ही इस धराधाम पर अवतीर्ण हुए थे। कमाल है कि नहीं? मानना पड़ेगा इन लेखकों को। परंपरा भी...और उन्मुक्त प्रेम भी। दो-दो नावों में एक साथ पैर रखे हुए अपना नेम निभाना कोई इनसे सीखे। मगर यही क्यों, जिन्हें ये दिन-रात कोसते-गरियाते रहते हैं, वे भी तो इनसे कुछ कम नहीं। कम-से-कम इस मामले में तो दोनों एक से हैं। जैनेंद्रजी का नाम सुने हो?—उनका 'रेज़िग्नेशन' पढ़ा तो था तुमने। अरे, अंग्रेज़ी मीडियम में ही सही, हिंदी साहित्य कुछ तो पढ़ा ही है तुमने। तुम्हारे बड़े भाई तो अपनी इकनोमिक्स से ही कभी ऊपर नहीं आते। हाँ तो, वो न कलावादी, न जनवादी—ठेठ गाँधीवादी लेखक ठहरे। मगर जीवन-दर्शन क्या है उनका? 'पत्नी घर में और प्रेयसी मन में'—यही न? कुछ समझे कि नहीं तुम? कितनी बारीक छनावट के साथ इस जानलेवा समस्या का संमाधान कर गुज़रे हैं वो? फ़र्क़ दोनों में इतना ही है कि जिनकी बात मैंने पहले की, वो इससे भी एक क़दम आगे जाते हैं और कहते हैं : पत्नी भी घर में और प्रेयसी भी घर में। अब इसके आगे मैं तुमसे क्या कहूँ? मुझ जैसों के लिए तो इस दुनिया में कहीं ठौर ही नहीं। ख़ैर, अब इसे ज़्यादा नहीं घसीटूँगा। आख़िर इस मुद्दे पर तुमसे क्या बात करूँ? हर संबंध की अपनी एक मर्यादा होती है कि नहीं होती?

तो...ऐसा है, बरखुरदार, कि ज़िंदगी जो है, सिर्फ़ अपनी ज़िद से नहीं चलती। पचास तरह के समझौतों के तहत ही चलती है। मैं तुमसे कह रहा था—तुम कम से कम मुझे टोकते तो हो, बात-बहस तो करते हो। तुम्हारे

भाई साहब तो मुझे इस लायक़ भी नहीं समझते। यह चिट्ठा जो मैं आख़िरकार तुम्हीं को परोस रहा हूँ, उन्हें नहीं—इसकी भी तो कोई वजह होगी कि नहीं? मैं तो शुरू से यही मानकर चलता रहा था न, कि तुम तो मातृमुखी हो, तुम्हारे बड़े भाई ही मेरे ज़्यादा क़रीब हैं। स्वभाव, शख़्सियत, चाल-ढाल और आचार-विचार, हर दृष्टि से। आख़िर उनको मैंने इतना लड़ाई-झगड़ा करके—तुम्हारी माँ की इच्छा के सर्वथा विपरीत जाकर—यूँ ही तो सरदार पटेल में नहीं पटका था। तभी यह तय हो गया था कि उन्हें मैं अपनी मर्ज़ी के मुताबिक़ ढालूँगा। मगर...जब हमारी पंचवर्षीय योजना के तहत तुम अवतरित हुए और नौ साल बाद तुम्हारी सही स्कूलिंग की समस्या आई तो मैंने तुम्हारी माँ की इच्छा के आगे आत्मसमर्पण कर दिया। उसे तुम्हें कॉन्वेंट के हवाले करने दिया प्रेमपूर्वक। क्यों? आखिर क्यों? तुम तो जानते ही हो, किस क़दर वितृष्णा और नफ़रत है मेरे मन में इन मिशनरी दूकानों के प्रति। इस सबके बावजूद मैंने यह ग़लीज़ समझौता क्यों किया? इसीलिए ना, कि घर में धुंधमारी न हो, कुछ संतुलन बना रहे। घर की शांति कायम रहे।

मगर..., क्या इसीलिए मैंने तुम्हें शुरू से ही अपनी माँ के भरोसे नहीं छोड़ दिया? कुछ इस मूड में, कि ठीक है भई, तुम्हें अपने मन की करनी हो, तो करो। बिलकुल ही ध्यान न दिया हो तुम पर मैंने, सो बात तो नहीं; पर जितनी जैसी ख़िदमत बड़े की की थी, उसके मुक़ाबले बहुत-बहुत कम। मुझे अंग्रेज़ी मीडियम स्कूलों से कैसी अतलांत चिढ़ है, और क्यों है, यह तुम कभी नहीं समझ सकते। तुम्हारे भाई साहब समझते हैं। मगर, अब उनकी समझ को लेकर मैं चाटूँ, क्या करूँ? तुम्हारी बदौलत घर में अंग्रेज़ी का चलन बढ़ा। तुम्हारी बदौलत तुम्हारी माँ में चेंज आया। उसने तुम्हारी पढ़ाई में—तुम्हारा होमवर्क करवाने में ऐसी लगन लगाई कि मैं तो देख के दंग रह गया (पीछे कहीं मैं कह बैठा था उसके बारे में, कि वह दूसरों के बच्चों का ट्यूशन करती है, अपने बच्चों पर कभी ध्यान नहीं दिया—वो मैं ग़ुस्से में कह गया था। वो सैंटेंस मैंने वापस लिया। भूल-चूक लेनी देनी)। मेरा उपयोग बस, इतना ही था कि कोई कठिन अंग्रेज़ी शब्द या मुहावरा आ गया तो, पापा से पूछ लिया। बस। और, हाँ, साइंस भी कभी-कभार; क्योंकि साइंस में तुम्हारी माताश्री एकदम कोरी हैं। अब रही हिंदी-फिंदी, तो वह कौन बड़ी समस्या है? वो तो मातृभाषा जो ठैरी। अपने-आप आ जानेवाली

ठेरी। मैडम उल्टा-सुल्टा जो भी पढ़ा दे—क्या फ़र्क़ पड़ता है। पापा तो हैं ही घर में। टोका-टाकी करते ही रहते हैं। ग़लत हिंदी तो उनके जीते जी घर में नहीं ही चल सकती ना।

तो...इस तरह तुम बड़े हुए। भगवान् की कृपा से तुम अपने बड़े भाई से भी ज़्यादा ज़हीन और महीन निकल आए। (इसका श्रेय इंग्लिश मीडियम को या कॉन्वेंट को बिलकुल नहीं जाता—जैसा तुम्हारी माँ—सिर्फ़ मुझे चिढ़ाने के लिए बकवास करती है।) यह सौ फ़ीसदी तुम्हारी अपनी लगन और मेहनत का फल है। दर्जा एक से लगा के मैट्रिक, बल्कि इंटरमीडियेट तक—फ़र्स्ट क्लास फ़र्स्ट आते रहे तुम। सेकिंड तो तुमने कभी जाना ही नहीं। ज़ाहिर है, इसका श्रेय थोड़ा-सा तुम्हारी माँ की भी ज़िद और मेहनत को जाता ही है। मेरी भूमिका तो इसमें शुरू से ही गौण रही। बड़े भाई की बात और थी। उन पर मैंने शुरू से ही लगाम कसके रखी। सच बात तो यह है कि जो तुम कर गुज़रे हो, वह कामना मैं उनके लिए करता था। मैं ख़ुद सिविल इंजीनियर बनना चाहता था रुड़की का। वहाँ मेरा दाख़ला हो भी गया था—मगर तक़दीर का हुमायूँ मैं, फ़र्स्ट थर्टी में नहीं आ सका तो मुझे मिकैनिकल में जाने को कहा गया। वह मैंने क़बूल नहीं किया और यहीं बेवकूफ़ी हो गई। उसके बाद भी दो-तीन मरतबा ज़ोर लगाया। मगर नहीं होना था, नहीं हुआ। वह फाँस मेरे भीतर गड़ी रही। बड़े से उम्मीद लगा रखी थी कि मेरा सपना पूरा कर दिखाएँगे। मगर उनने तो मेरी सारी उम्मीदों पर पानी फेर दिया। मैट्रिक तक अच्छे ख़ासे नंबरों से पास होते रहे—अव्वल आते रहे, तुम्हारी ही तरह। मगर ग्यारहवीं में दो नंबरों से फ़र्स्ट क्या गँवा बैठे, अड़ गए कि अब तो हम बी.ए. करेंगे, आर्ट साइड ही लेंगे; साइंस-मैथ्स हमसे नहीं चलेगी। बहुतेरा समझाया कि बेटा, दो नंबर क्या होते हैं, कुछ नहीं होते। चांस की बात है। गणित में तो पैंसठ प्रतिशत लाए ही हो। असली परीक्षा तो आगे होनी है इंटर की, जहाँ से इंजीनियरी के, और दुनिया भर के दरवाज़े खुल जाते हैं। फ़र्स्ट डिवीजन ज़रूर लाओगे तुम, फ़र्स्ट क्या डिस्टिंक्शन लाओगे, सीधे रुड़की जाओगे—मैं लिखके देता हूँ। मेरे साथ भी बिलकुल ऐसा ही हुआ था, तुम तो दो नंबर ही कम लाए, मैं तो गुड सेकिंड क्लास भी नहीं था। फिर भी इंटर में देखो, मैंने जीतोड़ मेहनत की तो सत्तर प्रतिशत ले आया कि नहीं? ज़िले-भर में टॉप किया कि नहीं किया? रुड़की

में सिलेक्ट हुआ कि नहीं हुआ? वो तो मेरी ही मत मारी गई जो सिविल के चक्कर में अच्छा-ख़ासा मिकैनिकल इंजीनियर बनने का अवसर मैंने गँवा दिया। पर तुम तो यह बेवकूफ़ी करोगे नहीं। तुम्हारी इंजीनियरी तो ये धरी है, समझो।

नहीं साहब, नहीं। तुम्हारे भाई साहब अड़ गए कि साइंस तो मुझे पढ़ना ही नहीं है। तो इस पर ज़रा अपना धीरज जवाब दे गया और उन्हें मैंने ज़ोर से डाँट दिया तो ऐसा तनाव मोल ले लिया कि बीमार पड़ गए। टायफाइड हो गया इनको। तुम कहोगे क्या बेवकूफ़ी की बात है। टायफाइड जीवाणुओं से होता है न कि टेंशन से। कोई हाई ब्लड प्रेशर थोड़े ही है जो टेंशन से पैदा हो जाता है। मगर, मैं सही कह रहा हूँ—इन्हें टाइफाइड न होता अगर ये अपनी वाहियात ज़िद पर न अड़े रहते। रोग कहने को बाहरी कारणों से होता है, मगर असली कारण भीतर होता है, आपके मन में। जीवाणु तो निमित्त-भर बन जाते हैं। आपको पता है, आपकी एक न चलेगी, आपके हित के लिए आपको ज़बरदस्ती साइंस में डाला जाएगा। तो आप बीमार पड़ जाते हैं, क्योंकि बीमारों के साथ ज़बर्दस्ती नहीं की जा सकती। तो तुम्हारे भाई साहब की बीमारी—मुझे तब भी दबाव की राजनीति लगी थी और आज भी मैं उसी राय पर कायम हूँ। ख़ैर, उनकी रणनीति ने रंग दिखाया—वे अपनी बात मनवाने में कामयाब हुए। तुम्हारी माँ को भी इलहाम हो गया कि आर्ट साइड लेने में ही बड़कू का और पूरे जोशी परिवार का कल्याण होगा। अब ऐसी दुहरी-तिहरी खींचतान में हमारे छक्के छूटने ही थे। इनकी साइंस भी छूटनी ही थी। अरे, कैसा दुख दिया इनने, मैं बता नहीं सकता। इंजीनियर इन्हें बनाने के मेरे सारे मंसूबों पर रातोंरात पानी फिर गया।

इनके ठीक उलटे तुम साबित हुए। जबकि तुम डिबेट, निबंध प्रतियोगिता और अंताक्षरी वग़ैरह में शील्ड मारके लाते रहे साल दर साल। हर कोई—मय तुम्हारे माँ-बाप के—यही मानकर चल रहा था कि तुम्हें तो आर्ट साइड ही लेना है, राजनीति या इतिहास या लिटरेचर ही पढ़ना है। उसी में कमाल करना है। मगर तुम हम सभी से ज़्यादा समझदार निकले। ज़माने की रफ़्तार ख़ूब पकड़ी तुमने। तुमसे किसी को कुछ नहीं कहना पड़ा। अपने आप तुमने साइंस साइड ली और बिना किसी कोचिंग-फोचिंग के, डिस्टिंक्शन ले आए

इंटर में और पहले ही धक्के में तुमने आई.आई.टी. कानपुर में दाख़ला भी पा लिया। मनचाही लाइन भी कबाड़ ली। इसे कहते हैं अक्लमंदी, इसे कहते हैं प्लैनिंग, इसे कहते हैं संकल्प। तुम्हारे इस जलवे में मेरा कोई हिस्सा नहीं। तुम्हारी माँ का हो, तो तुम जानो। आख़िर तुम अपनी माँ के लाड़ले जो थे। डिबेट की तैयारी करनी होती, तभी पापा याद आते थे। अब तो तुमने घर में ही अपना प्रतिपक्ष ढूँढ़ लिया है। सारी वक्तृत्व कला, सारे तर्क-वितर्क तुम मुझी पर झाड़ते रहते हो। अपनी मॉम की ही तरह। उन्हीं की तर्ज़ पर। शुरू-शुरू में—मैं साफ़ बता दूँ तुम्हें—मुझे बेहद चिढ़ छूटती थी तुम्हारी इस बहसबाज़ी की आदत से।

मुझे याद नहीं कि कभी बग़ैर किसी हुज्जत के तुमने मेरी कोई बात मानी हो। अजीब बात है यह, किसी के गले नहीं उतरेगी, कि तुम्हें वाद-विवाद के सारे गुर मैंने सिखाए और मैं ही शिकायत कर रहा हूँ कि तुम बड़े हुज्जती हो। बेटा, ऐसा है कि हम सब अपने-अपने अतीत के बंदी होते हैं। और मन में गहरे गड़े हुए संस्कारों पर किसी का वश नहीं चलता। ये बात तुम्हारी समझ में अभी नहीं आएगी। जब ख़ुद बाप बनोगे, तब आएगी। या, क्या पता, तब भी न आए। क्योंकि तुम्हारे संस्कार दूसरे हैं; मेरे जैसे नहीं हैं। मैंने अपने पिता से कभी बहस नहीं की। तब भी नहीं, जब उनकी उपस्थिति तक मुझे नाग़वार गुज़रने लगी थी। बड़ों के मुँह लगना—यहाँ तक कि उनसे ऊँची आवाज़ में बोलना तक—हमारे यहाँ उन दिनों सरासर बेअदबी समझी जाती थी। यह सही था या ग़लत, मैं इस बहस में नहीं पड़ूँगा। मुझे मालूम है, बहस में मैं तुमसे जीत नहीं सकूँगा। अब यों तो कहीं अच्छा भी लगता ही होगा मुझे तुम्हारा यह वाक्-चातुर्य। आख़िर, तुम्हें इस राह पर चलने की प्रेरणा किसने दी—मैंने ही नहीं तो? मैं पछता नहीं रहा हूँ। मुझे गर्व है तुम पर। आख़िर 'पुत्रात् इच्छेत् पराजयम्'....किसने कहा है। हमारे पुरखों ने ही ना!

मगर; यह गर्व की भावना तो बाद में जागती है। तुरंत उस वक़्त तो मुझे ठेस ही पहुँचती है, तकलीफ ही होती है कि तुम मुझे मेरे ही मुँह पर तड़ाक से जवाब दे देते हो—ज़रूरी शिष्टाचार तक निभाने की ज़रूरत नहीं समझते। मैं तो इस टोन में अपने पिता को संबोधित करने की कल्पना तक नहीं कर सकता था। पुराने संस्कार आख़िर कहाँ जाएँगे? उस वक़्त

तो मुझे यही महसूस होता है कि तुम्हारे लिए मैं पिता नहीं, महज़ एक प्रतिद्वंद्वी हूँ—एक दुश्मन; जिसे पछाड़ना तुम्हारा एकमात्र कर्तव्य है। लगता है, किस क़दर ग़ुस्सा इस लड़के के मन में मेरे प्रति भरा हुआ है, जो ये इस बहाने निकाल रहा है। तभी तो—जितना मैं तुमसे बातें करते हुए अपना आपा खोता हूँ, उतना और किसी के सामने नहीं। तुमने कभी ध्यान दिया इस पर, सोचा कभी, कि क्यूँ होता है हर बार ऐसा? ख़ासकर, जब माँ की तरफ़दारी तुम्हें करनी होती है। उस वक़्त तुम्हारी यह हुज्जती प्रतिभा अपने चरम उत्कर्ष पर होती है। मैं इसलिए भी तुमसे भीतर ही भीतर कटता गया। मैं जानता हूँ अपनी कमज़ोरी। और यह भी, कि मैं इसका कुछ नहीं कर सकता। तुम्हीं को मेरी भावनाओं का ध्यान रखना सीखना होगा। तुम समझ ही गए होगे—नहीं समझे अभी तक, तो अब समझ लो—पिता-पुत्र संबंध के बारे में मेरे अपने बहुत ही पुख़्ता और गहरी जड़ पकड़े हुए विचार हैं और वो इस जन्म में बदलने वाले नहीं हैं। मैं अपने घर में विनय और अनुशासन की चाहना पहले करता हूँ, स्वतंत्रता की बाद में। मेरा विश्वास है, जिस बच्चे ने नम्रता नहीं सीखी, आज्ञाकारिता के अनुशासन में जो नहीं ढला कच्ची उम्र में—वह बुद्धि से चाहे जितना तुर्रम ख़ाँ निकल आए, भावनात्मक स्तर पर वह कभी परिपक्व नहीं हो सकता। और जीवन में भावनात्मक परिपक्वता ज़्यादा बुनियादी महत्त्व रखती है, बनिस्बत बौद्धिक परिपक्वता के—यह बात तुम अभी से गाँठ बाँध लो।

मगर... कम्बख़्त इस मोड़ पर, मुझे भी ठिठक कर सोचना पड़ रहा है कि कहीं मैं ही तो ग़लत नहीं? तुम्हारे बड़े भाई को ही देखो—पूरे बचपन, लड़कपन, युवावस्था तक वे मेरे इशारों पर चलते रहे, मेरा डिसिप्लिन ही पालते रहे—सिवा उस एक अपवाद के, जब वे मारे डर के बीमार पड़ गए और बीमारी की आड़ लेकर अपने मन की कर ले गए और मन की कर चुकने के बाद फिर वही गऊ आज्ञाकारी पुत्र बन गए। मगर...देखो तो सही, आज उनके भी रंग-ढंग किस क़दर बदले हुए हैं। मुझसे सीधे मुँह बात तक नहीं करते, बेवजह मुँह फुलाए रहते हैं। कतराते-छिपते फिरते हैं मुझसे—मानो मैं उनका कुछ लूटे ले रहा हूँ। मेरे पास बैठना तक उन्हें भारी पड़ने लगा है और...अब जीवन के सबसे नाज़ुक और निर्णायक मोड़ पर—उन्होंने मुझे दूध की मक्खी की तरह निकाल फेंका है। ठीक ही तो है। अब मुझसे उन्हें क्या लेना!

आख़िर मुझे तुम्हीं को पुकारने की क्यों सूझी? अगर मेरे और तुम्हारे भाई के बीच यह खाई न खुदी होती तो मेरी यह चिट्ठी उन्हीं के नाम न लिखी जाती? मगर वे तो यहीं मेरे पास में हैं। लिखने के लिए कुछ दूरी तो चाहिए—कम से कम उतनी तो दूरी होनी ही चाहिए जितनी मेरे तुम्हारे बीच है। तो, ठीक है, मैं चिट्ठी नहीं लिखता, उनसे रू-ब-रू बातें करता। क्या बात करता? यही न, कि बेटा, अब हम एकांतवास करेंगे। बस तुम्हारी शादी को, और हाँ, गुड्डू जी की आई.आई.टी. को रुके हुए हैं। अभी से एडवांस नोटिस दिए दे रहे हैं तुम लोगों को—कि अब हम अपना जाल समेट रहे हैं; तुम सम्हालो अपनी दुनिया और हमें छुट्टी दो। माताजी हमारे साथ रहें तो बड़ी ख़ुशी की बात है; न रहना चाहें, तुम लोगों के पास ही रहना चाहें तो हम उसमें भी राजी हैं। जब भी उनका मन हो, साल, दो साल, पाँच साल, बाद भी—उनका हरिद्वार में स्वागत है—बशर्ते, तब तक हम ख़ुद अपनी इहलीला ही संवरण न कर लें। अब हम थक गए हैं वत्स, और भगवान् की शरण में जाना चाहते हैं। तुम लोगों की खातिर ही अटके थे, वर्ना बुलावा तो कभी का आ चुका था। तो...प्रसन्न मन से, चहकते हुए हमें विदा दो।

क्या बिलकुल यही और इसी तरह बोलता मैं? कोई नहीं बोल सकता ऐसे। अभी मुझे याद आया कि वो ऋषिकेश वाला प्रसंग मैंने छेड़ा तो था एक दिन, कि कैसे गंगा मइया ने हमारे सोए हुए तार छेड़ दिए, कैसे हमें किसी पूर्वजन्म की सुध की तरह अपने उस बाल-हठ की सुध आई, जो तब तो ख़ैर पूरी होनी नहीं थी और नहीं हुई, पर अब तो उसे पूरी होना ही है। कौन जाने तुम्हारे दादाजी का भी यही आशय रहा हो। यूँ ही, ज़िक्र कर बैठा था मैं। जिस पर ऐसी भद उड़ी मेरी, कि क्या बताऊँ तुम्हें।

तुमने कहा था गुड्डू, कि मुझमें अगर जोग-बैराग जैसी किसी चीज़ के लक्षण होते तो कभी तो, घर में किसी को तो दिखाई देते। बेटा, तुम्हारी इस शंका का समाधान करने बैठूँगा तो क़िस्सा बहुत लंबा खिंच जाएगा। ऐसा तो है नहीं, कि हम तुम्हें जो बताएँगे, उसे तुम चुपचाप शिरोधार्य कर ही लोगे। बग़ैर बहस-मुबाहसे के तुम क्या कभी कुछ माने हो, जो अब मान जाओगे? तो; हमने क्यों नहीं बहुत पहले वह मनचाही डगर पकड़ ली, क्यों पैंतालीस बरस इस दलदल में फँसे रहे, बग़ैर हाथ-पाँव मारे, यही न तुम जानना चाहते हो? बताएँगे हम बेटा, कभी बताएँगे पूरा क़िस्सा तुम्हें। अभी

वह सब रहने दो। जब बात करेंगे तुमसे उस बारे में, तब हमसे बहस-जिरह भी जितनी चाहो, कर लेना। मगर अभी तो हमारी एक सीधी-सादी बात सुन लो। आख़िर, पैंतालीस बरस बाद ही सही, हम आख़िर आ तो गए ही ना अपने असली रास्ते पै? उस रास्ते पै, जो हमारे दिवंगत गुरु हमें दिखा गए थे। 'देर आयद, दुरुस्त आयद' वाला मुहावरा क्या यों ही बन गया?

देर से ही सही, हमें आत्मज्ञान हो तो गया ना? अपनी ख़बर लेने की सुध तो हमें आ ही गई ना? ये कहके तो चुप नहीं बैठे हम, कि...'हम वहाँ हैं जहाँ से अब हमको/कुछ हमारी ख़बर नहीं आती...!' ज़ाहिर है हम वहीं नहीं अटके हुए हैं, वहाँ से कई क़दम आगे बढ़ चुके हैं। गंगा मइया हम पर मेहरबान हो गईं, हमको हमारी सुध दिला गईं। और, गंगा मइया तो निमित्त हैं; गंगा मइया नहीं, तो कोई और मइया हमारा उद्धार करने को प्रगट हो जातीं। 'हर चीज़ अपने समय पर ही पकती है; सृष्टि में हर चीज़ का अपना समय होता है'—तुम्हारे दादाजी ने जो कहा था, उसका मतलब और क्या था? यही ना, कि सब एक से नहीं होते। हम मनुष्य जीवधारियों की तो बात ही क्या, पेड़-पौधे तक एक नहीं होते। कुछ जल्दी फलने-फूलने लगते हैं, कुछ देर से फलते हैं। मैं अगर दूसरी कोटि का पौधा हूँ तो यह मेरा क़सूर तो नहीं न है?

दस

तो, मुझे अब अपना गंतव्य साफ़-साफ़ नज़र आ रहा है। यूँ भी, मुझे लगता है, मैं पहाड़ वापस नहीं जा सकता। लैंसडाउन, जहाँ मैं पैदा हुआ और मसूरी जहाँ मेरी ससुराल है, वहाँ भी अगर मैं नहीं बस सका तो कम से कम ऋषिकेश तो जा ही सकता हूँ। एक तरह की घर-वापसी ही समझो इसे—आध्यात्मिक अर्थ में ही क्यों, निहायत स्थूल और भौतिक अर्थ में भी। क्या यह भी अपने आप में कोई कम बड़ा लाभ है? इसलिए, कि ऋषिकेश मैदान होते हुए भी पहाड़ के इतना निकट है कि उसे लगभग पहाड़ ही कहा जा सकता है। पहाड़ का पहाड़ और मैदान का मैदान। मेरे लिए तो वही गंगोत्री है जहाँ गंगा हिमालय की गोद से उतरके पहले-पहले मैदान में आती है—जहाँ उनकी धारा में निर्मलता भी है और वेग भी; जहाँ वे मुझ सरीखे यात्रियों और मोक्ष के लिए नितांत अयोग्य और अनिच्छुक संसार-प्रेमी जीवों को भी अपनी गोद में लेने को उमड़ी चली आ रही है। गुड्डू, उस दोपहर मेरे साथ कैसा क्या घटित हुआ—मैं तुमसे बयान नहीं कर सकता। अभी भी...देखो, उसके स्मरण मात्र से मुझे रोमहर्ष हो रहा है। जानता हूँ, इस अनुभूति को समझना तुम्हारे लिए कितना कठिन है! जब तुम्हारा बड़ा भाई तक,—जिसे मैंने बचपन से ही रामायण-महाभारत की खुराक पर पाला-पोसा था—जब उसी से मैं यह उम्मीद नहीं करता तो तुमसे कैसे करूँ, जो मिशनरियों के स्कूल में पढ़े हो शुरू से...।

बहरहाल, इतना तो अब तुम मानोगे कि मैंने वह कठिन फ़ैसला कर ही लिया, जो न जाने कब से टलता आ रहा था। यह भी—इतनी बकवास के बाद—तुम महसूस कर ही रहे होगे कि सत्रह साल की उमर में जो सपना

मैंने देखा था, वह झूठमूठ का नहीं था; उसे एक दिन फलीभूत होना ही था। चाहे तुम्हारे-मेरे बीच कितना ही फ़ासला क्यों न हो, विचारों के हिसाब से कम से कम तुम तो मुझे ढोंगी-पाखंडी नहीं ही समझते ना? आधुनिक विचारों के प्रति बंद तो नहीं रखा ना मैंने अपने दिमाग़ को? रूढ़ियाँ कोई पाली नहीं। मुझसे कहीं ज़्यादा—बहुत ज़्यादा परंपरावादी तो तुम्हारी माँ है। मैं तो ऐसे-ऐसे रपटीले रास्तों पर चला हूँ कि तुम क्या जानो। मगर क्यों नहीं जानोगे?—यह तो मेरा अन्याय होगा बड़ा भारी तुम्हारे प्रति, कि मैं कहूँ, तुम मुझे नहीं जानते। बच्चे बहुत कुछ जानते हैं। बेशक अपने ही ढंग से। और अब तुम बच्चे भी कहाँ रहे, ख़ासे सयाने हो चुके हो। हम पुरानी पीढ़ी के लोगों की यह भी एक बड़ी ख़राब आदत है कि हम यह मान ही नहीं पाते, सचमुच देख और पचा ही नहीं पाते इस तथ्य को, कि बच्चे बड़े हो गए हैं, उनका अपना व्यक्तित्व बन चुका है, हमसे सर्वथा भिन्न और स्वायत्त—स्वतंत्र। बहुत बड़ा खोट है यह हमारी परिवार-व्यवस्था का, कि हम बच्चों को सचमुच स्वतंत्र और वयस्क होने ही देना नहीं चाहते। छोड़ना ही नहीं चाहते उन्हें अकेले अपने भरोसे, पहले तो। क़ब्ज़ा जमाए रहना चाहते हैं उनके मन पर, उनकी बुद्धि पर। कभी संस्कारों के नाम पर, कभी परंपरा और अनुशासन के नाम पर, क्या यह अच्छी बात है? ऐसे में वे भीतर ही भीतर हमसे कटेंगे नहीं, बिदकेंगे नहीं तो क्या होगा? हो सकता है, यह हम जानबूझकर नहीं करते। पर नुक़सान जो इससे होता है, वह तो अपनी जगह है ना? हम दबाते रहते हैं अपनी असली भावनाओं को, असली विचारों को। और इससे जो प्रतिक्रिया उत्पन्न होगी हमारे भीतर ही भीतर, वह क्या होगी? मुझसे ज़्यादा इस विडंबना को कौन समझेगा! कितना महँगा मोल चुकाया है मैंने इसका!

सच में...तुमसे बात करते-करते, तुमको लिखते-लिखते कई बातें अब मेरी समझ में आ रही हैं, जो शायद पहले नहीं आई थीं। आमने-सामने बात नहीं हो सकती—कभी नहीं हो सकती। आमने-सामने सिर्फ़ बहस हो सकती है, खींचातानी हो सकती है, एक-दूसरे पर चोट करना, चोट खाना हो सकता है, या लंबी-लंबी चुप्पियाँ, अबोला तक हो सकता है। एक-दूसरे का आईना नहीं बन सकते हम। पहले की बात और थी कहके, यानी पहले के ज़माने की धौंस देकर हम आज की समस्या और संकट को नहीं निपटा सकते। ज़माना बदल गया है। आज हम खेल भी खेल की तरह नहीं खेलते। बिना

‘किलर इंस्टिंक्ट’ के आज खेल की बात भी नहीं होती। कैसे भयानक समय में रह रहे हैं हम! हम, यानी हमारे बच्चे, हमारी किशोर और नौजवान पीढ़ी। भुगतना तो उन्हें है, इस भयानक समय में जीना तो उन्हें है। हम तो अपना जीवन जी चुके, जो भुगतना था, भुगत चुके। क्या ज़रूरी है कि हमारा जिया-भुगता ही हमारे बच्चों के भी काम का हो! वह काम का नहीं भी हो सकता है, यह हम क्यों नहीं स्वीकार करना चाहते?

इससे भी बुरी बात...जो अब मेरी समझ में आ रही है, वह यह है कि ख़ुद अपने बच्चों को लेकर माँ-बाप के बीच जो खींचातानी चलती रहती है, वह कितनी वाहियात है, कितनी अनिष्टकारी है, यह हमको नहीं दीखता। दीखता भी है तो हम उसे अनदेखा करते जाने में ही अपनी कुशल समझते हैं। यह सवाल कभी उठता है क्या हमारे मन में, कि हमारा आपसी अनमेल, हमारी कड़वाहट, हमारी कुंठाएँ हमारे बच्चे क्यों ढोएँ? मगर होता यही है जाने-अनजाने। हम सब अपने-अपने अनुभवों के बंदी हैं; उस चक्कर से छूटकर बाहर निकलना बहुत मुश्किल है। कर्मफल इसी का नाम है। एडजस्टमेंट जिसे कहते हैं; समझौता जिसे कहते हैं, वह मैंने नहीं किया, यह कौन कह सकता है? तुम्हारी माँ ने नहीं किया—कौन कह सकता है? बल्कि, मुझसे ज़्यादा तो उसे करना पड़ा होगा—इसमें भी कोई शक नहीं। मगर बदल-बदल कर भी आख़िर हम कितना बदल सकते हैं? बदलने की भी कोई सीमा होती है कि नहीं?

ख़ैर, छोड़ो इसे। मैं तुमसे कह रहा था कि तुम्हारी ट्रेनिंग ज़रा अलग तरह की हुई। तुम पर तुम्हारी माँ का ज़्यादा असर पड़ा। और तुम्हारी माँ का ही क्यों, उस मसूरी कॉन्वेंट स्कूल के फ़ादरों, मादरों और सिस्टरों का भी तो कुछ-न-कुछ असर पड़ा ही होगा। बचपन में ही तुम्हें बोर्डिंग हाउस में भरती कर दिया था तुम्हारी माँ ने—जैसा कि वहाँ का क़ायदा था। यही तुम्हारी माँ की इच्छा थी। मैं उसमें दख़ल क्या देता! वैसे ही सर्द हवाएँ हमारे घर को दिन-रात लपेटे हुए थीं। ननिहाल था तुम्हारा मसूरी में—फिर भी बोर्डिंग हाउस में रखा। क्यों भई, क्यों? ननिहाल वालों का भी कुछ तो असर पड़ा ही होगा तुम पर? छुट्टी-छपाटी में जाते ही रहे होगे। घर तो सिर्फ़ साल में दो बार लंबी छुट्टियाँ जो होती थीं, उन्हीं में आते थे। तुम्हारे नाना अंग्रेज़ों के ज़माने के हेडमास्टर ठहरे; तुम्हारे मामा मिलिट्री में ऊँचे ओहदे

पर; छोटे मामा दून स्कूल के टीचर, जो ख़ुद को किसी यूनिवर्सिटी के प्रोफ़ेसर से कम नहीं आँकते। मेरी तो सच कहूँ, उनसे कभी बनी नहीं। न मिलिट्री के अफ़सर से। उनके तौर तरीक़े, उनके मूल्य ही ऐसे थे, जिनसे अपना मेल नहीं बैठता था। डायलॉग क्या होता—ख़ाक? जब तुम्हारी माँ से ही मेरी पटरी नहीं बैठी तो उनसे कैसे बैठती? यही बात है कि पुरानी आदतें, संस्कार, बनी-बनाई अपेक्षाओं का दुश्चक्र हम पर हावी हो रहता है और हमें पता भी नहीं चल पाता, हम सामने वाले के साथ कितना अन्याय कर रहे हैं। जब समझ में आता है, तब तक बहुत देर हो चुकी होती है।

पता नहीं क्या-क्या बके जा रहा हूँ अपने जुनून में? लिखना शुरू किया था, तब सोचा भी नहीं था यह सब। पता नहीं कौन ताक़त मेरे सिर पर चढ़के यह सब उगलवा रही है। क्या मैं एकबारगी अपने समूचे जीवन के इतिहास से उबर आना चाहता हूँ? कुछ तो हुआ ही है, घटा ही है ज़रूर मेरे साथ हरिद्वार से लौटने के बाद। तुम कहोगे—'व्हॉट? व्हॉट नौनसेंस'! मैं सुनके बौखलाऊँगा नहीं, मुस्करा दूँगा। मुस्करा रहा हूँ अपने आप। गुनगुना रहा हूँ...'गुरा हो जिने...ज्ञान की जड़िया दई...' तुमने सुना है यह भजन? कुमारगंधर्व का है। यह ज्ञान नहीं तो क्या है कि मैं अपने ऊपर, अपने बाक़ी इतिहास पर भी हँस रहा हूँ? लग रहा है मुझे साफ़, कि मेरे भीतर के भीतर की भी तहों में जमा चालीस-पचास बरस का कूड़ा-कर्कट सब बह गया है। मैं यह तो कैसे कहूँ कि मैं मुक्त हो गया हूँ। यह भी वादा नहीं करता—करने की ज़रूरत ही नहीं समझता—कि मेरा अब तुम्हारी माँ से या तुमसे कभी कोई झगड़ा नहीं होगा। मैं कहना ज़रूर चाहता हूँ ख़ूब ज़ोर से चिल्लाकर। पर कहूँगा नहीं। क्या?...यही, कि इतने बरसों से रात-दिन जो मेरे भीतर सारी दुनिया के ख़िलाफ़ कड़वाहट और नफ़रत और ग़ुस्से का लावा फूटता रहा है, वह अध्याय ही अब ख़त्म हो चुका और मैं उसी लावे की पीठ पर सवार होकर एक बिलकुल ही नया अध्याय अपने जीवन का शुरू करने जा रहा हूँ।

ग्यारह

कल गंगा मइया के गुन गाते हुए मैं कब निद्रा मइया की गोद में लुढ़क गया, पता ही नहीं चला। मेरी नींद अपने आप खुली कि मंदिर के कर्कश गानों से? नहीं; मुझे पेशाब लगी थी इसलिए खुली। अब इस कुहराम में मेरी नींद मुझे वापस कैसे मिलेगी?

किससे फ़रियाद की जाए? भगवान् तो भगवान् से मुझे बचा नहीं सकते। उनके भक्तों को भी देख लिया। सोचता हूँ, प्रदेश के मुख्यमंत्री—जिनसे बड़ा सेक्युलरिस्ट इस पृथ्वी पर न हुआ है, न होगा—उन्हीं को चिट्ठी लिखूँ। जब भी मुझ पर कोई संकट आता है, मुझे चिट्ठी लिखने के सिवा और कुछ उपाय नहीं सूझता। पालथी लगाकर प्रार्थना करके, ध्यान में उतरके इस शोर से निजात पाने की बहुत कोशिश की—सब निष्फल। उल्टे, अनाप-शनाप गालियों का ज्वार भीतर उमड़ आया। एक ही उपाय है; और वह यह, कि कोई किताब उठा लूँ और उसी में ग़र्क़ हो जाऊँ। तुम अभी दीवाली की छुट्टियों में आए थे तो उपन्यास लाए थे वी.एस. नायपॉल का। वह अभी भी मेरे पास अनछुआ रखा है। एक तुम्हीं तो पढ़ाकू निकले इस घर में। इस भयानक शोर में उपन्यास लिखा नहीं जा सकता तो कम से कम पढ़ा तो जा सकता ही है।

मगर यह तो मेरी हार होगी। जब लिखने का मूड हो, तब पढ़ने बैठ जाने का क्या मतलब है? पलायन ही हुआ न, यह अपना सामना करने की चुनौती से? इस वक़्त पढ़ने बैठ जाने का मतलब है—निष्क्रिय हो रहना। बची-खुची प्रेरणा को भी बुझ जाने देना। बेशक टी.वी. देखने की तरह तो नहीं है वो; पढ़ते हुए हमारा दिल-दिमाग़, कल्पना इत्यादि सक्रिय तो होते

ही हैं, वरना पढ़ेंगे क्या ख़ाक? तो भी, लिखते हुए हम जिस तरह चैतन्य होते हैं, पढ़ते हुए तो नहीं होते ना? कोई और आपकी स्नायुओं को उत्तेजित करता है—उसकी बनाई दुनिया ही आपकी दुनिया हो जाती है—जो आपकी दुनिया है नहीं, दरअसल। ज़िंदगी-भर यही तो करता आया हूँ मैं—पढ़ना, पढ़ना, पढ़ना। अपने को नहीं, दूसरों को। इस तरह मैं एक ओर तो सचमुच अपना सामना करने से बच जाता रहा हूँ और, दूसरी तरफ़, यह ख़ुशफ़हमी भी पाले रहता हूँ कि मैं दुनिया के सबसे बुद्धिमान, सबसे संवेदनशील और अंतर्यामी होने का दावा कर सकने वाली जीवात्माओं के संपर्क में हूँ,—उनकी रची दुनिया में भरपूर और बराबरी का साझीदार हूँ। मगर...यह क्या एक तरह से ठीक बात लगते हुए भी, दूसरी तरह से देखो तो, महज़ अपने को बहलाना और ठगना ही नहीं हुआ? क्या यह प्रत्यक्ष की बजाय परोक्ष ढंग का जीना नहीं है? दूसरे आपके लिए महसूस करें, दूसरे आपके लिए सोचें, यह परोपजीवी बन जाना नहीं है? सैकंड-हैंड जीवन एक तरह का।

यानी कि, पढ़ना एक लत है। शराबख़ोरी की तरह। नहीं? मगर पढ़ने में मेरा ध्यान तुरंत लग जाता है, इसका अर्थ क्या यह नहीं है कि दूसरे की रची हुई दुनिया में डुबकी लगा सकने योग्य कल्पना-शक्ति और परकाया प्रवेश की योग्यता मुझमें है तो सही। तब फिर उसका खुद ही सीधा इस्तेमाल क्यों नहीं करता मैं? क्यों दूसरों पर ही निर्भर रहता हूँ?

हमेशा का आजमूदा नुस्ख़ा यह—अपने आसपास के शोर और घटियापन से छुटकारा पाने का—मैंने ख़ुद ही आजकल भुला रखा है। पढ़ने से परहेज़, यानी शब्दों का, वाणी का उपवास। यानी दूसरों द्वारा परोसे गए शब्दों का उपवास। इसी में सप्ताह में एक दिन मौन-व्रत रखना भी शामिल है। यों तो लगभग नित्यप्रति मैं सुबह या शाम—जब भी एकांत नसीब हो जाए, पालथी मारके चित्त को चुप करने का अभ्यास करता हूँ। यानी, जो आठों याम मशीनी ढंग का रेला बहता रहता है हमारे भीतर—रागों-द्वेषों, संकल्पों-विकल्पों का स्वतःचालित प्रवाह, जिस पर हमारा कोई बस नहीं, जो हमारे बावजूद एक अखंड कीर्तन की तरह हमारे भीतर जारी रहता है, उसके साथ ख़ुद को नत्थी किए बग़ैर, उसमें बहने की बजाय ख़ुद एक किनारे खड़े होकर उस उफनते गंदे नाले को चुपचाप यूँ देखते रहना—जैसे तुमसे उसका कुछ भी लेना-देना न हो; जैसे यह तुम्हारा नहीं किसी और का परनाला हो। ऐसे मैं देखने की कोशिश करता हूँ उस परनाले को।

अब है तो यह तुम्हारे ही कर्मफल का आईना, तुम्हारी ही अच्छी-बुरी करतूतों का गुणनफल, तुम्हारे ही स्नायुतंत्र में अहर्निश बजने वाला कोलाहल, मगर, इस तरह बग़ैर उससे प्रभावित हुए, एक पराये आदमी की तरह, तुम उसे देखने का अभ्यास डालते हो, उससे अलगाव पैदा करने में सफल होने लगते हो, तो एक मज़े का अनुभव तुम्हें होगा। तुम अनुभव करोगे कि सचमुच ही यह सब तुम्हारे भीतर से नहीं, बल्कि बाहर से तुम्हारे भीतर घुसपैठ करते रहने वाला तमाशा है। सचमुच एक तमाशा—जैसा तुम सिनेमा हाल में बैठकर परदे पर हरकत करती परछाइयों का तमाशा देखते हो और जाने रहते हो, कि वह तमाशा ही है। तुम्हारी चेतना ही दरअसल वह परदा है, जिसके बिना वह तमाशा एक क्षण को भी नहीं देखा जा सकता, मगर जो अपने आप में इस सबसे एकदम अछूता और निर्विकार बना रहता है। बहुत मुश्किल है अपने को उस परदे की भूमिका में पहुँचाना, सचमुच ही ख़ाली, नीरंग, निराकार साक्षी भर हो जाना। मगर...उसके आस-पास भी तुम पहुँच जाओ कभी किसी बिरले क्षण में, तो वह भी कम नहीं है। वह भी ग़ज़ब की बात है। छू भर जाए एक बार तुम्हें यह शून्यता, तो फिर तुम लाख वापस उसी गोरखधंधे में बार-बार पटके जाते रहो, तुम उसमें पहले की तरह फँसोगे नहीं। और तमाम फँसे हुओं के प्रति, ख़ुद अपने प्रति भी तुममें ऐसी अपार करुणा और सहानुभूति का उदय होगा, जिसके सामने सारे 'डू गुडर्ज़', सारे नेता-फेता तुम्हें दयनीय और हास्यास्पद लगेंगे। आत्म-दया में लिथड़ना भी तुम्हारा आपसे आप बंद हो जाएगा; शांति किसे कहते हैं, तुम्हें पहली बार समझ में आएगा। यह भी, कि सत्य क्या है और भ्रांति क्या है? यह भी, कि ज़्यादातर सच्चाई के दावेदार और दूसरों की भ्रांति का पर्दाफाश करने का दम भरनेवाले ही वास्तव में सबसे भयानक और सबसे लाइलाज भ्रांति के शिकार हुआ करते हैं।

अब, यह सुनने में जितना आसान लग रहा है, करने में उतना आसान तो बेशक नहीं है। अलावा इसके, इस रास्ते पर चलने के अपने जोखिम भी कम नहीं। यह बिल्कुल संभव है कि शुरू-शुरू में, वे परछाइयाँ—जहाँ तुमने उनकी तरफ़ ध्यान देना बंद किया, उनसे अलग हुए—तो वे तुमसे इस उपेक्षा का बदला लें और ऐसे-ऐसे डरावने मंजर दिखाएँ कि तुम बिलबिला उठो—निकल आना चाहो इस थियेटर से बाहर खुली हवा में। बाहर तो तुम्हें

आना ही है—आख़िर कब तक तुम आँखें मूँदे पालथी मारे चुपचाप बैठे रह सकते हो। मगर, हो सकता है-खुली आँखों से भी तुम्हें वही भँवर दिखाई दे, जो भीतर भी तुम्हें लील जाने को तैयार था।

या, फिर इस अभ्यास के दौरान ही तुम्हें ऐसे डरावने अनुभव या 'सेंसेशन' कह लो उन्हें—होंगे, कि तुम्हें लगेगा ख़ामख़ाह तुम क्यों एक बर्रों का छत्ता छेड़ बैठे। इससे तो वह पुरानी चर्या—यंत्रचर्या ही सही—वह क्या बुरी थी। उसमें एक सुरक्षा तो थी। तुम आतंकित हो उठोगे—ध्यान में बैठने से ही डरने लगोगे। क्योंकि ध्यान के कारण ही सारी वह गंदगी बाहर फूटेगी—जिस पर ढक्कन लगा रखे थे तुमने। एक तरफ़ यह अज्ञात में छलाँग लगाने का भय-त्रास; दूसरी तरफ़, इस भय के बावजूद, अपने ही रोज़मर्रापन से, अपनी ही यांत्रिकता से दूर छिटक जाने और इस ख़ालीपन, इस शून्यता, इस छुटकारे का स्वाद, जो और अनुभवों जैसा नहीं है, जो वास्तव में मुक्ति का—भले जितनी क्षणिक मुक्ति का—तुम्हारे सचमुच होने का अनुभव है—उसका आकर्षण तुम्हें दुर्निवार्य ढंग से अपनी ओर खींचेगा। पीछा नहीं छोड़ेगा वह तुम्हारा। अपनी रोज़मर्रा की सुरक्षित रुटीन, तुम्हें झूठी, जूठी, असह्य लगने लगेगी—एक ऐसी क़ैद जो तुमने ख़ामख़ाह ख़ुद ही ओढ़ रखी है।

अब, देखो, मैं नींद में था तो यह शोर मुझ तक पहुँच कहाँ रहा था? नींद मेरी इस शोर के कारण नहीं, दूसरे कारण से टूटी। तो फिर मैं बग़ैर नींद में गिरे, वैसी नींद सरीखी हालत अपने पूरे होशोहवास में क्यों नहीं पैदा कर सकता? यानी, समाधि में क्यों नहीं उतर सकता? तर्क तो यही कहता है। कॉमनसेंस भी, कि ऐसा संभव होना ही चाहिए—क्यों नहीं हो सकता? इस मुल्क में आज और अभी भी हज़ारों ऐसे लोग होंगे (होंगे क्या, हैं ही; यह तथ्य है), जिनके लिए समाधि में जाना उसी तरह सहज है, जिस तरह हमारे लिए अपनी रुटीन में फँसे रहना। तो, वे भी तो हमारे ही तरह हाड़-मांस के ही बने हुए प्राणी हैं। वे भी तो इसी समय में इसी प्रगति और प्रदूषण की पराकाष्ठाओं के युग में जीवित हैं। क्या वे अपने लिए किसी विशेष सुविधा की माँग करते रहे हैं? तो, जो वे कर सकते हैं, वह आप क्यों नहीं कर सकते?

मैं कुछ नहीं जानता। मैं तो योग की पहली सीढ़ी भी नहीं चढ़ पाया हूँ। न मैंने कोई शिविर की ही शरण ली। मेरे एक दोस्त हैं, जो 'विपश्यना'

करते हैं। दस दिन रहे वे एक शिविर में। दस दिन तक अख़बार बंद, चाय बंद, बीड़ी-सिगरेट बंद, गप-शप, सामाजिकता बंद। कोई संगी-साथी नहीं, आपको अपने साथ रहना है। बता रहे थे वे मुझे, किस क़दर अकुला उठते हैं, दूसरे दिन से ही लोग। शिविर छोड़कर आ जाते हैं कुछ तो। जो नहीं भागते, वे इसलिए नहीं, कि भागना नहीं चाहते; बल्कि, सिर्फ़ लोक-लाज के भय से टँगे रहते हैं। फिर भी कुछ तो अंत तक टिके रहते ही हैं। हालाँकि वे भी शिविर के बाद, अपनी दिनचर्या में लौट चुकने के बाद वापस उसी यंत्रचर्या में स्खलित नहीं हो जाएँगे,—इसका क्या भरोसा? आदमी में असीम सामर्थ्य होती है—अपने को छलने की—अपनी अधोगति के लिए भी तर्क ढूँढ़ लेने की। मेरे मित्र का कहना है कि विपश्यना पीछे देखने की—अपनी चेतना में और अवचेतना में गहरे धँसकर अपने समूचे जीवनक्रम को यथावत् देखने—उसका सामना करने—उससे उबरने की दीक्षा है। होगी, मुझे क्या लेना।

मगर तुमसे ये बातें करने का मतलब? पिछले दिनों मसूरी की एक अनूठी संस्था का कामकाज देखके आ रहा हूँ। एक शिविर भी करके वहाँ। चौंको नहीं, वह 'विपश्यना' का शिविर नहीं था। वैकल्पिक शिक्षा पर काम करने वाली संस्था है वह। उसी का शिविर था। उसमें जो सबसे ज़ोरदार सहभागी थे, उनके बारे में पता चला, वे आई.आई.टी. के ही प्रोफ़ेसर हैं : एक तो दिल्ली में, दूसरे तुम्हारे कानपुर में। उनके जो 'गुरु' हैं, वे बड़े भारी वैद्य थे। बहुत मशहूर; और वह ऋषिकेश के पास ही कहीं जा बसे हैं। बसे मतलब, संन्यास ले लिये हैं। उन्हीं गुरु ने एक नूतन जीवन-दर्शन निकाला है, जिसका नाम है 'जीवन-विद्या'। मसूरी के उस संस्थान में उसी को आजमाने की तैयारी चल रही थी। वे दो प्रोफ़ेसरान वहाँ इसीलिए पधारे थे।

ख़ैर, हमने तो, अपने समाजवादी दोस्तों के सुर-में-सुर मिलाते हुए उसमें भी मीनमेख ही निकाली। कहा—ये क्या बात हुई?—आप वैकल्पिक शिक्षा की खोज करने का दम भरते हैं,—ग़ुलामी के दिनों में हम पर जो व्यवस्था थोपी गई थी, कमोबेश वही अब भी चल रही है, यह मानते हुए बच्चों में स्वाधीन सोच की क्षमता का विकास कैसे किया जाय उन्हें उनके अपने परिवेश से जोड़के—यह है आपकी चिंता का विषय। मगर अब आप यह बना-बनाया फ़लसफ़ा उन पर थोपना चाहते हैं। क्यों? क्या यह उनकी स्वाधीनता का

ही अपहरण करने का एक नया तरीक़ा नहीं है? जिस मुल्क में गाँधी और टैगोर और ज़ाकिर हुसैन सरीखे क़द्दावर लोगों के शिक्षा संबंधी मौलिक विचार तक जड़ नहीं पकड़ सके, वहाँ आप अध्यात्म के नाम पर यह नया फ़ितूर क्यों चलाना चाहते हैं? यह हर्गिज़ नहीं चलेगा जनाब! हमें क्या आपने इसलिए बुलाया है कि हम आपके इस पहले से बने-बनाए इरादे पर आँख मूँदकर अपनी स्वीकृति की मुहर ठोंक दें? एक तो हम वैसे ही इस फ़ैशनेबुल गोरा-रिझाऊ धर्म-अध्यात्म के मारे परेशान हैं। रजनीश, महेश योगी और जाने कौन-कौन लोग विदेशी स्रोतों से अंधाधुंध धन कबाड़ के अपने बेहद महँगे और अधकचरे अभियान यहाँ चलाए हुए हैं। उनसे आप किस मानी में अलग हैं? दूसरी तरफ़ ये मिशनरियों की संस्थाएँ हैं और तीसरी तरफ़ ये सरस्वती स्कूलों की श्रृंखला फैली पड़ी है। तो ये कौन-सा नया विकल्प आपने खोज निकाला?...

मतलब यह, कि हमने ख़ूब गुल-गपाड़ा मचाया। उनका यज्ञ विध्वंस करने में कोई क़सर नहीं छोड़ी। मगर वे दो प्रोफ़ेसरान ज़रा भी विचलित और क्षुब्ध हुए बिना बड़े शांत-निर्विकार भाव से अपनी बात पर अड़े रहे। ...असल में तुम्हें चिट्ठी लिखने की बात पहले-पहल जो मेरे मन में आई, वह इसीलिए आई थी कि तुमसे कहूँगा प्रो. काँकरिया से मिल लो। वहीं तुम्हारे ही आई.आई.टी. कानपुर में प्रोफ़ेसर हैं वे; मेरा रेफ़रेंस दे देना या मत देना। मैं तो उनसे बहुत प्रभावित हुआ मन ही मन। ऊपर से भले विरोध ही विरोध जताया हो, मगर भीतर ही भीतर मुझे लगता रहा कि उनकी इस 'जीवन-विद्या' में ज़रूर दम है। इतना ऊँचा प्रशिक्षण पाया हुआ साइंटिफिक दिमाग़ अगर अपनी परंपरा से जुड़के कोई नई बात निकालता है तो उसे यूँ ही नहीं उड़ा सकते। तुम्हारा मन न हो, तो कोई ज़बरदस्ती नहीं है; पर मुझे उनमें कुछ बात लगी। मिलने में क्या हर्ज है। क्या पता तुम्हें कन्विंस कर दें वे। गुरु का मामला कुछ अलग होता है। पिता से तो किसी भी तेज़-तर्रार पुत्र का सहमत होना कठिन है। 'अतिपरिचियादवज्ञा'—कहा ही गया है कि नहीं हमारे यहाँ? हर होनहार बेटा अपने पिता से लड़-झगड़ के ही अपना रास्ता निकालता है। यही होता आया है और यही होता रहेगा आगे भी। पर गुरु की बात दूसरी है। पुत्र-मोह से ग्रस्त पिताओं का अपना स्वार्थ होता है; गुरु का कोई स्वार्थ नहीं होता।

और...अंत में। आज तुम्हारे भाई की सगाई हो गई। पहली बार हमें भी उनकी मँगेतर के दर्शन करने का सौभाग्य प्राप्त हुआ। देखते ही हम चौंक गए। क्यों चौंके, यह हम तुम्हें क्यों बताएँ? यह तो हम तुम्हारी माँ को भी नहीं बताएँगे। उनके तो पाँव ही ज़मीन पर नहीं थे। हवा में उड़ी जा रही थीं। अब तो वो लोग शादी भी अगले माह ही निबटा देना चाहते हैं। मगर तुम तो इम्तहान की तैयारी में जुटे होगे। तुम्हारी अनुपस्थिति में इतनी बड़ी घटना घट रही है, तुम इसमें शामिल न हो सकोगे—इसका हम सबको बहुत दुख होगा। तुम्हारे भाई मियाँ को तो सबसे ज़्यादा। सुना, आजकल भाई मियाँ ज़ोरों से तमिल सीखने में जुटे हैं। अच्छा है। जो हमें करना था, वो भाई मियाँ कर गुज़रे। इसे कहते हैं 'प्रौक्सी फ़ुलफ़िलमेंट'। वह जो जुमला मैं अक्सर दोहराया करता हूँ, जिससे तुम सब बेहद चिढ़ते रहे हो—अरे, वही 'सिंस ऑफ़ दि फ़ादर्स' वाला,—उसमें अब मुझे थोड़ा चेंज करने की ज़रूरत लग रही है। क्यों लग रही है, इसकी भी एक कथा है, पर वह हम नहीं बताएँगे। वैसे, हमने ख़ामख़ाह झूठ बोला, तुम्हारी माँ को सब पता है। बड़े सत्य हरिश्चंद्र बने हुए थे ना हम! सो शुरू में ही परोस दिए थे वह सब। शायद यहीं हमसे भूल हुई। भूल क्या, 'हिमालयन ब्लंडर' कहो, तो भी कम पड़ेगा।

बारह

जाने कितने दिन—दिन क्या हफ्तों गुज़र गए—'मसि कागद छूयो नहीं, पेंसिल गही न हाथ'। कुछ अटका है गले में मानो, जो न नीचे जा रहा है, न ऊपर ही आ रहा है। अजीब साँसत है।

उधर शकुंतला के पिता जल्दी मचा रहे हैं। मैं चाहता था दो माह की ही तो बात है। मई में तुम आ ही रहे हो अपने इम्तहान निबटाके। ऐसी हड़बड़ी क्या है? मगर हमारी कोई सुने तब न? अय्यर साहब रिटायर हो रहे हैं, बोरिया बिस्तर बँध गया है। मद्रास जाने की हड़बड़ी है। कोई तुक है इसका, तुम्ही बताओ। मगर और तो और, तुम्हारी माँ तक उन्हीं की शर्तों के आगे बिछी पड़ रही हैं। मैं तो देखकर हैरान हूँ। यूँ, वे यहाँ भी मकान बनवा चुके हैं कब का! बड़े होशियार होते हैं लोग—सारे रास्ते खुले रखते हैं। और, शादी भी कैसी! मंगलम्-मंगलम्। तुम्हारे भाई साहब, सुना, खुद ही जाके एक मंदिर के पुजारी से बात कर आए हैं। बस, माला बदल लेंगे। कोई धूम-धड़ाका नहीं, कुछ नहीं। बस, उसी शाम को एक आलीशान होटल में—दोनों तरफ़ के खासुलखास लोगों को 'रिसेप्शन' भोज दे दिया जाएगा।

यानी कि, हमें—दूल्हे के पिताश्री को—कुछ नहीं करना है। सारा इंतजाम मदर सुपीरियर को कॉनफ़िडेंस में लेके निपटाया जा चुका है। अरे हाँ, यह बताना तो तुम्हें भूल ही गया मैं, कि तुम्हारी होने वाली भाभी साहिबा भी उसी कॉलेज में पढ़ाने लगी हैं, जहाँ तुम्हारे भाई साहब पढ़ा रहे हैं। सुना, उन्हीं की स्टूडेंट रह चुकी हैं। यह अच्छा चलन निकल आया है आजकल—अपनी 'स्टूडेंट' से ही चक्कर चलाने और शादी कर डालने का। यानी, मामला

काफ़ी-काफ़ी पहले से फ़िट था, मगर हमें इसकी भनक तक नहीं लगने दी गई—कि कहीं हम 'वीटो' न कर दें। मगर...तुम्हारी माँ को हम मान गए। 'वीटो' का ख़तरा तो दरअसल उन्हीं से था। हम क्या 'वीटो' करेंगे!—और क्यों करेंगे? तुम्हारी माँ के लिए तो—हमारी समझ से यह 'न्यूज़' वज्रपात से किसी क़दर कम नहीं होनी चाहिए थी। मगर उनने तो कमाल ही कर दिया। न रोईं-धोईं, न कोई सीन खड़ा किया, न अबोला ठाना, न खाना-पीना छोड़ा। उल्टे, क्या तुम विश्वास करोगे?—लड़की के माँ-बाप को भी मनाने का काम उन्हीं ने अंजाम दिया। वे बिल्कुल तैयार नहीं थे सुना, इसके लिए। तुम्हारी माँ ने ही मोर्चा सम्हाला उनका विरोध ढहाने का और कामयाब भी हो गईं। हम तो चकरा गए हैं—यह क्या हुआ, कैसे हुआ? हमारी श्रीमतीजी इतनी समझदार, इतनी लचीली-सहानुभूतिमयी और इतनी व्यवहार कुशल निकल आएँगी—हमें कल्पना भी नहीं थी। तो क्या हमीं से चूक हुई इनका स्वभाव समझने में?

या...फिर यही मानना होगा कि पति की बात और है, पुत्र की बात और है। पुत्र के लिए अपने आग्रह-दुराग्रह सब छोड़े जा सकते हैं; पति के लिए नहीं। पति कुछ भी कहो—होता तो 'दूसरा' ही, यानी 'पराया' ही है। घुटने आखिरकार पेट की तरफ़ ही न मुड़ते हैं?

उनका तो स्वभाव ही बदल गया है। यहाँ तक, कि आवाज़ भी—जिससे हमें शिकायत थी कि वह इतनी कड़क क्यों है, थोड़ी मुलायम क्यों नहीं है। और तो और, ख़ुद हमारे प्रति भी उनके रुख़ में अजीब बदलाव आ रहे हैं। जैसे, पहली बार उन्हें हमारी पसंद-नापसंद का पता चला हो। उधर हम हैं कि इस परिवर्तन को पचा नहीं पा रहे हैं। अभी कल की ही तो बात है—इन्होंने हमें नीचे से ही पुकार लगाई कि '...समधी साहब पधार रहे हैं। उतरो नीचे'।...अब हुआ क्या, कि हम उतरते हुए हड़बड़ाहट में दो-दो सीढ़ियाँ इकट्ठी फलाँग गए और हल्की-सी मोच खा गए। और कोई दिन होता तो इनका ध्यान भी नहीं जाता—हम चाहे जितना लँगड़ाते। हम तो इसीलिए अपने दुख-दर्द अपने तक ही रखते हैं, दिखाते भी नहीं। कि क्या फ़ायदा? बटन टूटा पड़ा है कमीज़ का कब से, या नाड़ा ग़ायब है पजामे का—इनकी बला से। आप झींकते रहिए, हलकान होते रहिए, इनके कानों में जूँ तक नहीं रेंगती रही। मारे सिरदर्द के आप पड़े हैं अपनी कोठरी में—घुप्प

अँधेरा करके–इनको पता भी नहीं चलेगा। मगर...कल तो ग़जब ही हो गया। समधी को विदा करने के बाद ये मंद-मंद मुस्काती हुई एक शीशी लेके आईं और बोलीं–चलो लेटो, कहाँ मोच आई, बताओ। हम हैरान, कि पहले तो इनको पता ही कैसे चला और पता चल भी गया तो इतनी फ़िक्र हमारी एक ज़रा-सी मोच की इन्हें कब से होने लगी?

तो, हम भकुवे की तरह इन्हें ताकते रह गए और यह पंचगुण तेल हमारे टखनों पर मलती रहीं–मंद-मंद मुस्काती हुई। कमाल हो गया कि नहीं? बहू घर में आने की ख़ुशी के मारे इनका ऐसा कायाकल्प!!! हम सोच में पड़े हैं जबसे, कि यह मुस्कान, यह सहानुभूति अभी तक कहाँ दुबकी पड़ी थी। यह हमारे लिए तो हो नहीं सकती। हमें तो कभी इसका सुपात्र नहीं समझा गया। किस देवता की कृपा से अब यह हम पर निछावर किया जा रहा है?

इनकी प्रसन्न मुख-छवि को देखते रह गए हम और देखते-देखते अकस्मात् हमको इलहाम सरीखा हुआ कि ज़रूर हमीं में कोई खोट थी, जो इस दिन के लिए हमें इतना इंतज़ार करना पड़ा। अजीब एक बाढ़-सी हमारे भीतर उमड़ आई और तब, जैसा कि ऐसे मौक़ों पर हमारे साथ होता आया है, हमारे गले में कुछ फँस गया। बमुश्किल हमने उस बाढ़ को क़ाबू में किया और तब आँखों पर छाई धुंध के भीतर से हम क्या देखते हैं कि श्रीमतीजी की जगह हमारी दिवंगत माँ आ बिराजी हैं। तब फिर अचानक इनके श्रीमुख से वह वाक्य फूटा–'क्यों, तुम्हारी बहू आएगी इससे तुम्हें ख़ुशी नहीं हो रही है?' हमने कहा–'अब भला ये भी कोई कहने की बात है? ख़ुशी जताने का ढंग क्या होगा–बताओ, जिससे तुम्हें भरोसा हो कि हाँ हमें भी ख़ुशी हो रही है।'...तो...इस पर ये बड़े रहस्यपूर्ण अंदाज़ में मुस्काते हुए फुसफुसाईं–'क्यों? तुम्हें तो मुझसे ज़्यादा ही ख़ुश होना चाहिए ना, कि तुम जो करना चाहते थे वह तुम्हारा बेटा कर गुज़रा।'

हमें अपने कानों पर विश्वास नहीं हुआ। हमसे कुछ बोलते न बना। अजीब सिटपिटा से गए हम। ये उसी तरह–'क्यों-क्यों' करती रहीं और हम अपने भीतर...अपने भीतर और...और...और गहरे धँसते चले गए। तब फिर ये खिलखिलाकर हँस पड़ीं और हम सोच में पड़ गए कि इस तरह इतने उन्मुक्त ढंग से खिलखिलाते हमने कब देखा था इन्हें?

तेरह

स्मृति एक अतलांत गह्वर है। उसमें से कभी-कभार अपने-आप कुछ चीज़ें ऊपर उछल के आ जाएँ, यह तो हो सकता है। पर कई सारी बातें तो किसी घटना के घट जाने से, कोई ख़ास आवाज़ के अचानक सुनाई पड़ जाने से, कोई बहुत ही पुरानी धुन जिसे हम भूल चुके थे—उससे मिलती-जुलती कोई धुन अचानक कानों में पड़ जाने से, या किसी जंगली फूल या वनस्पति की गंध हमें पकड़कर खींच ले जाए गहरे में कहीं—तभी याद आती हैं।

कई बातें तो हम खुद ही भूल जाना चाहते हैं। अकारणद्रोह या अपमान के दंश, दुर्घटनाएँ, जो अपने या किसी बहुत अपने के साथ घटी थीं, रोग-शोक और मृत्यु—अकाल मृत्यु की घटनाएँ, खुद हमारी बेहद ग्लानि उपजानेवाली हरकतें...जो हमारे निहायत कमज़ोर क्षणों की उपज होती है; सबके सामने या किसी प्रियजन के सामने हमारे अहं को पहुँची ठेस....और इस सबसे ज़्यादा वे डर, आशंकाएँ, आतंक...जिनकी काली परछाइयाँ हमारे सबसे नाज़ुक, सबसे कोमल दिनों में हमारी चेतना पर मँडराती रहती थीं....।

ये तो हुए दुःख के प्रसंग। सुख के प्रसंग भी तो उसी तरह बिला जाते हैं—वहीं उसी अतलांत में। तो क्या अपने आप में सुख या दुख का कोई मूल्य नहीं? मात्रा-स्पर्श भर हैं ये सब? जिन्हें तितिक्षापूर्वक झेलने का उपदेश दिया जाता रहा हमारे यहाँ। तितिक्षा मतलब क्या? धीरज? निष्काम भाव? तो फिर इतनी सारी कामनाएँ क्यों उपजीं? यह सृष्टि भी तो किसी की कामना से ही उपजी होगी। और, मोक्ष जिसे कहते हैं, वह भी क्या कामना ही नहीं?

क्या स्वयं जीवन के ही तर्क से यही उचित और स्वाभाविक नहीं,

कि जीवन के पूर्वार्द्ध में एक तरह की कामनाएँ ज़ोर मारें और दूसरे आधे में दूसरी तरह की कामनाएँ?

मैं अपने जीवन के उत्तरार्ध में हूँ। प्राचीन काल में लोग देवताओं से सौ वर्ष की आयु माँगते थे। शायद उसी हिसाब से चार आश्रमों की बात सोची गई हो। अब हिंदुस्तानी आदमी की औसत उम्र साठ मानो, तो मैं तो ओवरड्राफ़्ट पर चल रहा हूँ। अस्सी मानो, तो भी, वानप्रस्थ तो मैं कब का उलाँघ चुका। मेरे लिए तो अब क़ायदे से संन्यासाश्रम ही बचा ना? तब फिर, इस प्रोफ़ेसर्स कॉलोनी में मैं कर क्या रहा हूँ। चिट्ठी लिख रहा हूँ, झुँझला रहा हूँ जिस-तिस पर, अपने किए-अनकिए का लेखा-जोखा बिठा रहा हूँ, अपने अकेलेपन का रोना रो रहा हूँ, शिकायतों के पुलिंदे खोल रहा हूँ, अपनी ही अदालत में अपने पर ही नालिश ठोंक रहा हूँ, और जाने किससे न्याय भी माँग रहा हूँ। और हरचंद कोशिश कर रहा हूँ कि मुझे निर्दोष घोषित कर दिया जाए। ये क्या संन्यासी के लक्षण हैं?

तुम कहोगे आजकल वर्ण और आश्रम के नियम कौन पालता है? किस ज़माने की बात कर रहे हो?

बरखुरदार, तुम मानो न मानो, मैं इसी ज़माने की, इसी देश और काल की बात कर रहा हूँ। आज और अभी ये मेरे दिल-दिमाग़ ही नहीं, मेरी अंतड़ियाँ और गुर्दे और नस-नाड़ियाँ भी जो संदेश मुझे रोज़ दे रहे हैं, उन्हीं की बात कर रहा हूँ। मुझे पता है एक से एक गलितांग बूढ़े इस अभागे मुल्क के सबसे मलाईदार पदों पर क़ब्ज़ा जमाए हुए हैं। कोई वन की राह नहीं लेता, कोई कुछ भी छोड़ना नहीं चाहता, उल्टे, आगे की दो-तीन पुश्तों तक का इंतज़ाम कर जाना चाहता है। और, साठ तक तो हमारी कल्याणकारी सरकार भी किसी को वानप्रस्थ देने लायक़ नहीं समझती। मुझे पता है, हमारे भारत देश में गृहस्थाश्रम वानप्रस्थ और संन्यास दोनों को कब का निगल चुका है।

अभी पिछले महीने ही मेरे बड़े बेटे ने मुझे फ़्रित्जोव काप्रा की एक संस्मरणों की पुस्तक भेंट की थी। वही काप्रा, जिसके 'फ़िज़िक्स एण्ड ताओ' ने पिछले दशक में ख़ासी धूम मचाई थी। ये संस्मरण उन विश्वविख्यात विभूतियों के हैं—ज्ञान-विज्ञान तथा समाजसेवा के उन तमाम क्षेत्रों की जानी-मानी हस्तियों के, जिनसे काप्रा ने भेंट की और जिनके लंबे-चौड़े इंटरव्यू

लिये। इसी से पहली बार मुझे पता चला कि काप्रा हिप्पी आंदोलन में शामिल था और अभी भी उस अनुभव को वह सार्थक और मूल्यवान् मानता है।

आश्चर्य की बात यह है कि मेरी डायरी में इस किताब से कोई नोट्स नहीं लिये गए हैं। दरअसल पिछले कई महीनों से मुझे किताबों की दुनिया से बड़ी वितृष्णा-विरक्ति हो गई है। यदि भूले-भटके कभी कुछ पढ़ने का लोभ संवरण नहीं कर पाया जैसा कि इस काप्रा की किताब के साथ हुआ, तो पढ़ भर लेता हूँ, नोट्स नहीं लेता जैसा एक अरसे से मेरी आदत रही है। कम से कम पचास-साठ डायरियाँ होंगी मेरी, मेरे इस जीवनव्यापी ख़ब्त की गवाही देने वाली। ज्ञान के लिए ज्ञान और किसे कहते होंगे? सिर्फ़ आजीविका के लिए ही मैं प्रोफ़ेसरी करता रहा हूँ। बस। बाक़ी उसमें मेरी कभी कोई महत्त्वाकांक्षा नहीं रही। तथाकथित शोध-वोध भी मैंने नहीं किया। क्यों नहीं किया। इसीलिए ना, कि वह मुझे अपने स्तर से बहुत नीचे का, निहायत निरर्थक और घटिया काम लगता रहा! अपने सहकर्मियों से कभी मेरा कोई संवाद नहीं रहा—संवाद के योग्य हों, तब न? उन्हीं के कारनामे देख-देखकर तो मुझे घृणा हो गई रिसर्च-फिचर्स से। अपने पैंतीस वर्षों के अध्यापक जीवन में मुझे एक भी तो ऐसा व्यक्ति नहीं मिला जो सचमुच विद्याव्यसनी हो, जिसे मित्र बनाने की, जिसके साथ अपने पढ़े-लिखे का साझा करने की प्रेरणा हुई हो मुझे कभी।

इकसठ बरस!!! जैसे आज पहली बार मुझे अपनी उम्र का पता चला हो। इतने बरस रात-दिन जो मैं खपा रहा दुनिया-भर की पुस्तकें पढ़ने में, नोट्स लेने में,—वह किस इम्तहान की तैयारी थी? अब जो अचानक मुझमें कुछ लिखके धर जाने की लिप्सा जाग रही है, वह क्या है? क्यों जागी यह? किसलिए? ज़िंदगी-भर मैं सिर्फ अपने साथ—हाँ, केवल अपने साथ, या फिर किताबों के साथ बात करता रहा हूँ। ऐसे, जैसे, मैं ही अपने आपमें कुल समाज हूँ, कुल जहान हूँ। जैसे, कि मुझे किसी के संग-साथ की ज़रूरत नहीं; मुझी में सारे जीवितों और सारे मृतकों का मेला लगा हुआ है।

कैसे कहूँ, वह अहंकार था? कैसे कहूँ, वह अपने को ठगना था? कैसे कहूँ, वह जानबूझकर एक निष्क्रिय और निरर्थक जीवन जीना था?

कुल इक्यावन डायरियाँ! यानी, ज़िंदगीभर तुम पढ़ते ही रहे, पढ़ते ही रहे, नोट्स पर नोट्स ही लेते रहे—क्यों? किसलिए? कभी कोई रिसर्च नहीं

की। एक लेख तक नहीं। कक्षाओं में छोड़ कभी कोई व्याख्यान तक नहीं दिया तुमने। क्या उद्देश्य था यह सब पढ़ने का? इस क़दर इत्मीनान से तुम दुनिया-भर की, हर विषय की पुस्तकें बटोरते गए, पढ़ते गए, नोट्स लेते गए जैसे तुम अजर-अमर हो; मानो अनंत काल से तुम यही करते आ रहे हो और अनंत काल तक यही करते रहोगे। जैसे तुम एक ही जन्म में अनगिनती जन्मों का हिसाब-किताब निपटा देना चाहते थे। ऐसा भी तो नहीं, कि तुम एक ऐसा जीवन-दर्शन रचना चाहते रहे, जिसमें अब तक आदमी ने जो भी ज्ञान प्राप्त किया है—अपनी भावनाओं और अनुभवों का और बाहर के इस भौतिक संसार का भी,—उस सब का उपयोग हो—ऐसा जीवन-दर्शन, जो सब कुछ को आपस में जोड़ दे। पुराने से पुराने और नए से नए ज्ञान और अनुभव को आदमी के।

कई डायरियों में कविता ही कविता के उद्धरण हैं : दुनिया-भर की कविताओं के। कुछ में उपन्यासों के नोट्स हैं। उपन्यासों के नोट्स? उपन्यासों के भी नोट्स लेते देखा है किसी को आज तक? मैंने देखा है न। ख़ुद को देखा है।

कुछ में दर्शन ही दर्शन भरा पड़ा है; कुछ में मिथक, मनोविज्ञान आदि। एक डायरी मिस्टिकों, रहस्यदर्शियों के उद्धरणों से भरी है, तो एक समाजशास्त्रियों के। ये सब मूलग्रंथों के उद्धरण हैं; इसलिए लिये होंगे कि लाइब्रेरी से लाए थे—वापस करनी थीं किताबें, तो याद तो रहे क्या-क्या पढ़ा है—कैसे पढ़ा है? जिन विषयों में तुम्हारी सहज रुचि या पैठ नहीं, उनकी पुस्तकें तक तुमने पढ़ी हैं, उनके नोट्स भी लिये हैं। जैसे अर्थशास्त्र, राजनीति-विज्ञान और भौतिकी।

कई जगह तुम्हारी टिप्पणियाँ हैं। ज़्यादातर किताबों में हाशिए पर। जब जो किताब पढ़ी—अगर वह तुम्हारी हुई, तो। तुमने आख़िर में वह तारीख़ भी दर्ज की है, जब तुमने उसे ख़त्म किया।

अलविदा! अलविदा मेरी कापियो! मेरी काली करतूतो! अब तुमसे मेरा कोई संबंध नहीं। अपनी ही आँखों से मैं तुम्हें पंचतत्वों में विलीन होते देखना चाहता हूँ। अपने इस जनम की सबसे गहरी आसक्ति को।

चौदह

नहीं! मैं अपने इकसठ बरसों का स्यापा करने नहीं बैठा। सिर्फ़ एक विस्मय को व्यक्त कर रहा हूँ, जो मुझे अपने को ही लेकर उपज रहा है। आख़िर यह क्या बात है कि जिस महान् घटना की आशा-भरी, निश्चिंत प्रतीक्षा या प्रत्याशा में मैं रोज़-ब-रोज़, बरस-दर-बरस जीता चला गया—आज इकसठ बरस बीत चुकने पर भी उस महान् घटना के घटित होने के कोई लक्षण नज़र नहीं आ रहे। किस क़दर व्यस्त रहा हूँ मैं—ये पचपन के लगभग मोटी-मोटी डायरियाँ गवाह हैं कि मैंने अपने जाने एक पल भी—बीमारी-तिमारी का छोड़के—व्यर्थ नहीं गँवाया। अखंड कीर्तन नहीं, तो क्या है यह?

मगर, अखंड कीर्तन तो सकाम और सोद्देश्य होता है ना! निष्काम अखंड कीर्तन भी सुना है कभी? मुझसे क़यामत के दिन हिसाब माँगा जाएगा अपनी करनी का, तो मैं क्या जवाब दूँगा। चित्रगुप्त तो रात-दिन ख़ुद अपने बहीखातों से ही घिरे रहते हैं। मेरे बहीखाते उन्हें उल्टा और बिदकाएँगे। उन्हें लगेगा, या तो मैं उनसे होड़ बदता रहा हूँ या फिर उनका मखौल उड़ाता रहा हूँ। जो भी हो, इसकी गुंजाइश तो नहीं दीखती कि वे मेरी इन बहियों पर एक नज़र भी डालेंगे और—क्या कहते हैं उसे—'मोक्ष' या मुक्ति के लिए मेरी सिफ़ारिश भी कर देंगे।

क्यों लगा रहा मैं इस दैनिक अग्निहोत्र में? क्यों मैंने अपनी आयु का एक-एक पल इसमें झोंक दिया? आयु ही नहीं, एक जीवधारी की जो भी लालसाएँ या महत्त्वाकांक्षाएँ हो सकती हैं, वह सब भी? मगर बग़ैर लालसा के तो कोई कर्म नहीं हो सकता। तो, वह कौन-सी लालसा थी जिसकी ख़ातिर मैंने अपनी बाक़ी सारी लालसाएँ इस स्वाध्याय में झोंक दीं?

ख़ैर, चित्रगुप्त या चित्रगुप्त का भी बॉस—विधाता—तो जब पूछेगा तब पूछेगा। मैं ख़ुद अपने-आपसे पूछता हूँ—तुमने क्या किया? क्या है तुम्हारा पुरुषार्थ? हमारे यहाँ मनुष्य-जीवन को एक ऋण चुकाने जैसा काम माना जाता रहा है ना! तो उस तरह भी पूछा जाए तो क्या मैंने सचमुच चुका दिए वे सारे ऋण? पितृऋण, ऋषिऋण, देवऋण वग़ैरह?

यह प्रश्न पूछते ही यह क्या गूँजने लगा मेरे कानों में?

धर्मार्थकाम मोक्षाणां यस्यैकोऽपि न विद्यते।
अजागलस्तनस्येव तस्य जन्म निरर्थकः॥

सिगरेट के बड़े डिब्बे जिस मोटे काग़ज़ में पैक होके आते थे, जिसमें बीच में कोलतार की काली पर्त रहती थी, उसी की जिल्द से मढ़ी हुई किताब कहीं किसी मंदिर के पुस्तकालय से लेके आए थे पिताजी। कब की बात होगी यह? छठी में पढ़ रहा हूँगा, तब की। कोर्स के बाहर की यह पहली ही किताब पढ़ी होगी मैंने। और किसी किताब की मुझे इतनी साफ़ और तगड़ी याद नहीं। कैसे श्लोक पर श्लोक भीतर से उमड़े चले आ रहे हैं! कमाल है कि नहीं, कि पिछले तीस-चालीस बरसों में मुझे जिसकी एक बार भी शायद ही याद आई होगी, वह कैसे किस जादू से ख़ज़ाने की तरह खुलता चला जा रहा है।....

अजरामरवत्प्राज्ञो विद्यामर्थं च चिन्तयेत्।
गृहीत इव केशेषु, मृत्युना धर्ममाचरेत्॥

यह हुई न कुछ बात! उस पहले वाले श्लोक ने मुझे आत्मावसाद के गर्त में धकेल दिया था, तो इस श्लोक ने मुझे उस गर्त से मानो न केवल उबार लिया है, बल्कि ऊपर आसमान में उछाल दिया है। मनुष्य को 'विद्या और अर्थ के पीछे तो दिन-रात पड़े रहना चाहिए, जैसे वह अजर-अमर ही हो'—यही न हुआ इसका मतलब? तो मैंने और किया क्या है? अर्थोपार्जन, यानी गृहस्थी जितने में मज़े-मज़े में निभ जाए, उतना तो मैंने किया ही ना? और विद्या? विद्या के पीछे मैं किस पागलपन के साथ पड़ा रहा—ये पचपन मोटी-मोटी कापियाँ उसकी गवाही देने को काफ़ी नहीं क्या? और क्या वही मेरा धर्म भी नहीं रहा? और किसी लालसा-पूर्ति का साधन तो नहीं बनाया

न मैंने विद्या की इस अतल अछोर पिपासा को। दुनिया में—अपनी अध्यापकी पेशेवर दुनिया में तक—इसका ठीक उल्टा देखते हुए भी। इससे बड़ा प्रमाण मेरे विद्याव्यसनी स्वभाव का, उसकी अजर-अमर आकांक्षा का भला और क्या होगा?

और किसी एक विषय के खूँटे से बँध जाने और उसकी विशेषज्ञता का विज्ञापन बन जाने की बजाय मैं जो तमाम विषयों को अपने ही खूँटे से बाँधता चला गया—वह क्या कोई हरफ़नमौला कहलाने की बेहूदी हसरत थी? कदापि नहीं। दूसरों पर अपनी जानकारी का रौब झाड़ने, चार लोगों के बीच रंग बाँधने की, किसी से होड़ करने की, किसी को नीचा दिखाने की प्रवृत्ति तो मुझमें शुरू से ही नदारद रही। लाइमलाइट में आने का प्रलोभन क्या होता है, मैंने कभी जाना ही नहीं। जानबूझकर, अपनी इच्छा और अपनी सहजवृत्ति से ही मैं खुद को हमेशा पृष्ठभूमि में रखता आया। मुझे कभी किसी बात की जल्दी नहीं रही। साठ बरस कब गुज़र गए, पता ही नहीं चला। ऊब किसे कहते हैं, कभी जाना ही नहीं। पढ़ने से विरक्ति तो मुझे अब जाके हुई है। पहले तो कभी नहीं हुई।

ऐसे में मुझे—तमाम दूसरे अपने सहकर्मियों की तरह घटिया लेख या शोध-प्रबंध लिखके विद्वान कहलाने का शौक़ भी भला क्यों चर्राता? अच्छे-ख़ासे ज्ञान-गुमानी और श्रोताओं पर रंग जमा देने वाले प्रोफ़ेसरान भी मुझे कभी प्रभावित नहीं कर सके। मेरी नज़र में वे हमेशा दयनीय और हास्यास्पद ही रहे। उनकी तरह बनने की तो कल्पना तक मुझे असह्य थी। ऐसी नुमाइश अपनी जानकारियों की, मुझे विद्या का ही क्यों, स्वयं जीवन का भी अपमान ही लगती रही। ऐसे में मुझे उन लोगों की तरह डिग्रियाँ कबाड़ने या पदलिप्सा की उठा-पटक में पड़ने, घटिया सेमीनारों में घटिया पेपर लिखने की चाह कैसे होती! मुझे तो वह सब विद्याद्रोही हरकत लगती रही और यह कोई मेरा अहंकार नहीं था, बल्कि सच्ची ईमानदार राय थी उनकी असली बौद्धिक क़दोक़ामत के बारे में। मैंने खुद क्या किया, इसका महत्त्व नहीं है। कम से कम मैंने इस घटियापन की बाढ़ में खुद को बहने से तो बचाया। उसमें शामिल होने से तो इनकार किया। इतना भी क्या कम है!

और...मेरा कोई मित्र नहीं बना, किसी को ज़रूरत ही नहीं महसूस हुई मेरी, किसी ने समझा ही नहीं, मुझे इस लायक़, कि मुझसे उसे कुछ

मिल सकता है, तो मैं इसके लिए क्या कर सकता हूँ? यह क्या मेरा क़सूर है? मैंने तो अपने दरवाज़े किसी के लिए बंद नहीं किए थे, सबके लिए खुले रखे थे। कोई फटका ही नहीं मेरे पास, तो मैं क्या करूँ? नहीं समझा लोगों ने मुझे लाभकारी या ताक़तवर, तो ठीक ही तो समझा। न तो दुनिया से मुझे कोई शिकायत है, न दुनिया को मुझसे कोई शिकायत करने का हक़ है। कोई मुझे क्या समझता है, दुनिया की आँखों में मैं कैसा दीखता हूँगा—इसकी परवाह कभी मैंने की क्या? कभी नहीं की।

तो ठीक है—मैं अगर असफल हूँ तो अपने ही मानदंडों के अनुसार असफल हूँ। दुनिया के मानदंडों की मैंने परवाह ही कब की? मगर...तुम, बेटे...तुम मेरी तरह दुनिया की अनदेखी मत करना। नहीं तो दुनिया पलट कर तुम्हें जिस तरह अनदेखा करेगी, वह तुमसे झेला नहीं जाएगा। तुम, तुम ही हो; मैं नहीं। जैसे कि, मैं भी मैं ही था, मेरे पिता नहीं।

मुझे माफ़ करना मेरे बेटे, कि मैं इस दुनिया की बेरुखी और ग़लाज़त को झेलने के लिए तुम्हारी उतनी भी तैयारी नहीं करा पाया जितनी कि मेरी मेरे पिता करा गए थे।

पंद्रह

कोई छह माह पहले घसीटे हुए ये पन्ने आज फिर से मेरे हाथ आए हैं। ज़ाहिर है, मुझे बहुत अच्छा तो नहीं ही लगा होगा इन्हें पढ़कर। लगा होता तो कम से कम इतना तो किया ही होता मैंने, कि इसे अच्छी लिखावट में—दूसरी बार अपनी क़लम से, स्याही की क़लम से लिख लिया होता।

मगर यह भी तो उतना ही स्पष्ट है कि बहुत बुरी तो नहीं लगी मुझे अपनी यह लिखावट। कुछ मोह तो रहा ही होगा मुझे इस अपने लिखे हुए से। तभी न बचाकर रखा इन पन्नों को। वरना, रद्दी की टोकरी के हवाले कर चुका होता इन्हें कब का!

अभी-अभी मैंने इन पन्नों को शुरू से आख़िर तक फिर से पढ़ डाला है। बहुत कुछ छूट गया लगता है लिखने की रौ में। बहुत कुछ। शायद लिखनेवाला कोई भी हो—बड़े से बड़ा लेखक ही क्यों नहीं—मुझ सरीखा निरा नौसिखिया नहीं—वह भी, जो पहला ही वाक्य अपनी क़लम से लिखता है, उसी से बँध जाता है। कह लीजिए उसी से निर्धारित हो जाती है उसकी दिशा। यह भाषा कितनी अद्भुत वस्तु है? बंधनकारी भी, मुक्तिदायी भी एक साथ। बल्कि यह अपने को अभिव्यक्त करने की इच्छा ही, सच पूछा जाए, तो एक अजीब चीज़ है। जो राह आप पकड़ लेते हैं शुरुआत से—वही तय कर देती है कि आप कितना क्या चलेंगे और कैसे चलेंगे। तो क्या मुझे इस सबको कुछ दूसरे ही ढंग से लिखना था? किसी और की कहानी की तरह? एक बिल्कुल ही अलग क़िस्म का मुखौटा पहनकर? तभी मैं वह कह पाता, जो मुझे कहना था? तभी मैं अपने भोगे हुए से, किए हुए से सचमुच उबर सकता—उसे कोई अर्थ दे सकता।

पर क्या हुआ होता, क्या हो सकता था—यह तो पश्चाद्बुद्धि की बातें हैं। जो हुआ, जो हो पाया, जो मेरे हाथ से लिखा गया, वह तो मेरे सामने है। और मैंने इसे रद्द नहीं किया—अभी भी रद्द नहीं कर पा रहा हूँ—यह भी तो एक तथ्य है—जिसका मतलब यही न हुआ कि न सही पूरा और जिस तरह मैं चाहता उतनी अच्छी तरह—मगर कुछ तो, आधे-अधूरे ढंग से ही सही—कुछ तो अभिव्यक्त हुआ ही है, जो मुझे फाड़कर फेंक देने लायक़ नहीं लगा; नहीं लग रहा है अभी भी। तो, क्यों न इसे साफ़-साफ़ उतार लूँ नई कापी में। पेंसिल की लिखावट को काली स्याही में कर दूँ। हो सकता है, ऐसा करते हुए कुछ कट-छँट जाए अपने आप। और कुछ नया भी जुड़ जाए, जो छूटी हुई जगहों को भर दे।

अब जैसे कुछ पन्ने इसमें ऐसे भी हैं, जो पेंसिल से ही काट-कूट दिए गए हैं। यानी जो लिखे तो गए, मगर दूसरे ही दिन 'रिजेक्ट' भी कर दिए गए। क्यों रद्द कर दिए गए? शायद इसलिए, कि वे एक अलग ही रास्ते की ओर खींच रहे थे समूचे वृत्तांत को—जिसमें गड़बड़ हो जाती। या फिर वृत्तांत ही अपनी धुरी से खिसक जाता। अब कुछ तो घसीट के चलते और कुछ इतनी काट-कूट के बाद मुझसे ये पन्ने बिलकुल पढ़े नहीं जा रहे हैं। लिखावट भी इन पन्नों की एकदम हल्की है।

इतना ही समझ में आ रहा है कि इनमें से दो पन्ने मेरी माँ को संबोधित हैं और शेष मेरे पिता को। क्यों रद्द किए होंगे वे पन्ने मैंने?

क्या यह विश्वसनीय है कि आदमी—अच्छा-ख़ासा पढ़ा-लिखा आदमी भी—इस क़दर अपने अतीत का बंदी हो कि आजीवन उस गुँजलक से मुक्त होने को छटपटाता रहे? और इसीलिए अपनी इस उम्र क़ैद को लिखकर क़बूल करने की ज़रूरत महसूस करे? क्या कोई इस तरह उस क़ैद से मुक्त हो सकता है?

एक नहीं, दो-दो, बल्कि तीन-तीन ऐसी गाँठें दीखती हैं जिन्हें खोलने की कोशिश इन पन्नों में दिखाई देती है। कौन है यह जो देख रहा है इतना साफ़-साफ़ अपने जीवन की इस विडंबना को? कौन है जो यह मान रहा है, कबूल कर रहा है अपनी गाँठों को?

यदि तुम अब इसी प्रश्न का पीछा करने में अपनी शेष आयु को खपा सको तो तुम्हारा यह प्रलाप भी निरर्थक नहीं। तुम, यानी—मैं।

❑❑❑